亞洲第一激勵達人

鄭匡宇——著

一開口，全世界都想聽你說

台上的聚焦說話術，

30個簡報×演講×面試×授課必勝全攻略！

The Power of Public Speaking

推薦序

不要怕！先求有，再求好！

王東明　口語表達專家／企業講師

我相信「上台說話」這件事，一定是大家最恐懼的事情，就連我自己也曾經被這件事困擾。只不過，每當我這樣告訴學生，大家都會覺得我只是在開玩笑，或只是為了要增進學員的自信心才這麼說……但就算如今的我已經是口語表達方面的「講師」或「培訓師」，也都還是得持續「磨練」自己。

為什麼我會害怕「上台說話」呢？起因是我在小學三年級，被導師連哄帶騙地代表班上參加演講比賽。當時我還小，天不怕、地不怕，再加上演講稿是由老師所寫，不需要自己寫，因此我心想，只要把稿子背熟就沒問題了！比賽當天其他參賽選手不是緊張到吐，就是難以將演講內容講得完整、開始語無倫次……雖然我告訴自己只要把稿子唸出來，就能安全過關了，卻也還是在上台後，因為台下聽眾的目光而開始緊張地冒冷汗。而自己原本背得很熟的內容，也開始跳針、忘詞——我一連重複了3次「校長、主任，各位老師、各位同學大家好，我今天要演講的題目是……」都還是想不起演講的題目，最後甚至脫口說出「各位校長、各位主任……」使得台下的參賽者、聽眾與評審都笑得合不攏嘴。明明校長只有一個，我卻緊張到說出「各位校長」！這件事於是成為我的笑柄，日後時常因此被揶揄。從那個時候開始，我就十分抗拒上台，就算是在台下也不太想開口，深怕舊事又被重提。也因此，多數人對於「上台說話」的恐懼，我特別能夠感同身受。

前陣子我在台灣金控公司進行經理人系列的培訓課程「說出魅力動人的簡

報」，該課程的學員都是公司中的中高階主管，為了在課程開始之前更了解學員們，我做了問卷調查，調查學員們內心真正在意的問題，並想辦法在課程中為他們解決這些問題。於是，在366份不計名的問卷中，我發現前3名的問題分別為「擔心自己上台講不好」、「說話容易緊張」與「擔心自己的內容沒有說服力」！這個結果令我十分訝異，我沒想過這些在銀行工作逾20年的高階主管們，內心會擔心自己這些問題。他們雖然做事認真、專業，也不斷培養自己的硬實力，卻忘了增進「上台說話」的軟實力！許多能力與專業都需要透過不斷地累積與修煉，才能擁有最後美好的成果。

認識鄭匡宇老師，是在2009年一場跟好友一同舉辦的「益讀讀書會」上，就像匡宇在本書「成為專業講者篇」中的內容，當年的我們只要有人邀請，就一定會前去參與配合，無論獎酬多少都無所謂，一有機會就努力把握，藉此累積自己的實戰經驗與人氣。這段期間我與匡宇也一直保持聯繫，不時相約吃飯，聊聊彼此的近況與工作。今年匡宇寫了這本專業的表達力書籍《一開口，全世界都想聽你說》，分享了他一路走向成功的方式與過程中的失敗經驗，並分為「上台準備篇」、「台上功夫篇」、「走下舞台篇」以及「成為專業講者篇」！就連製造舞台（自造舞台）的撇步與「助理小陳」的妙招等只有他自己知道的事情……全都不藏私地收錄在這本書裡。除了專業有用的內容之外，還多了許多激勵人心的小故事，非常值得各位拜讀、學習，一起朝「一開口，全世界都想聽你說」的目標邁進！

推薦序

別讓你的努力，因為不敢開口而被埋沒！

歐陽立中 Super教師／暢銷作家

時間回到5年前，我報名了「簡報小聚」這個活動。活動的主辦單位邀請了3位講者分享自己的專業和人生故事。前2位講者的名字，我已經忘了，因為當時，我是衝著第3位講者去聽的，他就是本書的作者：鄭匡宇！

我還記得那天晚上，我來到松菸的人文書店，現場湧進大批觀眾，似乎也都是衝著匡宇而來的。好不容易等到匡宇的演講，他一站上台就帶著自信的笑容環視觀眾，並用鏗鏘有力的聲音和觀眾問好：「大家好，我是搭訕教主鄭匡宇！」

很神奇地，他僅僅用一個眼神與一句話，就讓現場所有觀眾回過神來，沉浸在他的演講魅力之中。也就是在那個晚上，我暗自許下一個願望：「我也要成為像匡宇一樣厲害的演說家！」

我循著匡宇「主動出擊」的精神，在5年內拿下中廣舉辦的「演說家擂台賽」冠軍、開始全台巡迴演講，甚至還出了4本書。更令我難忘的是，後來有次我在師大演講，匡宇竟然還現身會場，專注地聽我演講，當時我的內心激動不已……這一條路，我摸索了5年。但你比我幸運得多，我花5年才懂的道理，你可能只需要5天。因為匡宇把他所有的演講秘訣，全都寫進你手上的這一本書《一開口，全世界都想聽你說》。

首先，這是一本「說話秘笈」。說話最難的是，會說的人常常不知道該怎麼教，因為對他們而言，說話就跟喝水一樣容易。但一路苦練上來的匡宇，完全知道你的盲點在哪裡，因此，他不打高空，給你最實用的方法。你想「培養自信」，他會教你2招——「適當自欺」以及「採取行動」，你想把故事說得有趣，他會教你如何「出奇不意，後者推翻前者」與「製造一個意想不到的答案」等等。這些方法，猶如定海神針，讓你開始相信自己能說。

其次，這是一本「激勵寶典」。所謂強者，不會讓你只是仰望著他，而會讓你與他一同並肩前行。而匡宇就是這樣的強者，他知道你為什麼不敢說，所以他會不斷激勵你「放棄完美主義，相信自己有能力面對任何變動與挑戰」、「你所有的嘗試和衝撞，都是最好的台上故事」，以及「不要臉地多問一句，真的能為你的人生帶來無限可能」……這明明是一本教你如何在台上說話的書，但讀著讀著，卻不禁會感到熱血沸騰，甚至是熱淚盈眶。

最後，這是一本「人生指南」。我非常推薦你先讀匡宇用「故事6步驟」寫出的人生故事。你會發現，雖然他有不錯的人生開局：就讀成功高中；卻也經歷了人生的低潮：聯考失利、轉系失敗。但他是如何扭轉人生的呢？他勇於毛遂自薦，抓住人生每一個機會！後來一躍成為知名主持人、受邀到頂尖企業演講，還擁有了自己的節目。如今的他，真的是「一開口，全世界都聽他說」！

千萬別讓你的努力，因為不敢開口而被埋沒。至於如何一開口就吸睛？你得先翻開這本書，好好品嘗匡宇為你準備的「表達盛宴」。

作者序

站上台，就要成為眾人焦點！

「希望你一站上台，就發光發熱！」——是我寫這本書的初衷。

自從我在2013年出版了《一開口，就擄獲人心的說話術》後，每當各大出版社在出版與說話術、表達力相關的書籍時，我便有幸成為書籍的推薦人首選！我在那本書中，嘔心瀝血地歸納出「上台的14招」，只要是曾經加以鑽研並善加練習的讀者，便一定能在最短的時間內，快速提升自己在台上的實力，一開口便成為眾人矚目的焦點！

「上台說話」這件事情，何其重要!?現今，幾乎每個人都有上台的機會。學生得上台進行心得報告、下屬得向上司進行業務簡報、廠商得為客戶規劃說明、創業者得當著投資者的面，進行營運與募資簡報……而這些舉動的成敗與否，全都有賴「上台說話的技巧」！我過去曾試圖在書中，針對「上台報告、演講或簡報」的經驗和技巧，為讀者彙整出——能在最短的時間內掌握自信、切中要害、善用肢體及抑揚頓挫的所有訣竅。

很遺憾地，到了2017年，原本出版該書的出版社易手，被另一家出版社併購。而由於擅長操作的議題不同，他們決定不再印刷該書，並將版權歸還給我。當時，我自己的新創公司正處於起步階段，許多事情必須親力親為，因此書籍再版之事只能一拖再拖。直到2020年，我突然意識到不應該再拖下去了——一方面是因為自己在這7年之中，持續進行了無數場演講，有了更多不同的經驗和體悟，因此迫切地想藉由書寫，和讀者們分享自己的新發現。另一方面，是受到我的好友歐陽立中老師成功出版新書、連戰皆捷一事的鼓舞。我發現，同樣是教授演講或簡報，竟能有如此多種不同的方便法門——有的老師擅長將PPT簡報做得美輪美奐、資訊提供得鉅細靡遺；有的老師則能夠將簡單的道理說得絲絲入扣、撼動人心；也有的能旁徵博引、幽默風趣，以寓教於樂的方式，讓全場在歡笑聲中收穫新知；更有人可以將自身的故事說得活靈活現，甚至因而鼓舞聽眾開始採取行動、改變人生……等。

於是我想要在這本書中，歸納出所有能立即操作的上台技巧與實踐要訣，讓你能一看就懂，並且即學即用！睽違了7年，如今再次出版與說話技巧相關的書籍，能運用的工具更是推陳出新。過去我最多只能在介紹完案例、技巧與訣竅後，再延伸介紹能增強能力的書籍，現在則可以直接附上影片連結或提供關鍵字，供你們上網搜尋。大家可以搭配影片，直接向某位能將上台技巧發揮得淋漓盡致的大師學習。當你學習完我所介紹的技巧與訣竅，並且向大師們取經後，就能輕鬆地加上自身特色，成為在台上獨一無二、萬眾矚目、引領風騷的「台上A咖」！

話雖如此，在真正動筆寫作時，我也難免會落入「懶惰」的人性陷阱。「反正以前寫過類似的書籍了，乾脆就在原本的內容中再多加幾招就好了，重新書寫太累了……」這樣的想法，如影隨形。我想，這同時也是許多想要精進自己能力，卻仍裹足不前的人，最常遭遇到的心理掙扎吧！這種「書有看就好、道理我懂了、練習好累哦、算了吧……」等想法，往往會讓剛看完書、正衝動地想要練習的自己停滯或者拖延，久了便會被懶惰的思想帶入萬劫不復的深淵，再也提不起勁來採取任何行動。

但我們也都知道，「看懂」與「熟練」——這兩者在實力方面的差距，可說是天壤之別。我既然要教授各位「上台說話的技巧」，又怎能任憑自己墜入這負面的思想與行動迴圈呢？因此，我決定奮力一搏，開始採取行動，並且用自己的付出，證明給想要精進自己「上台說話能力」的你看——只要你真的開始做了，便一定能獲得累積，並帶來正向的結果。

因此，我為自己訂下一個為期60天的寫作計劃，每天至少書寫1,200～1,500字左右的文章，並將其中一部分發表於自己的臉書上。在60天結束之後，將這些文字集結，再加上更多與時事和真實經驗相呼應的內容，形塑出本書的樣貌。即便我過去曾經在《一開口，就擄獲人心的說話術》中提過某些說話技巧，我依然進行了全面的改寫，並且加上最新的例子。畢竟，無論是書籍的內容或是上台表達的心法，都應該與時俱進，才能讓你和聽眾們拉近距離，讓他們的共感更為強烈，進而讓你更迫切地想要採取行動、做出改變。我透過每天的自我督促、採取行動成就了這本書，你一定也能靠著每天的練習，不斷地精進，讓自己在舞台上的表現有突飛猛進、讓人刮目相看的改變。

最後我想送給看了這本書，並且真的願意採取行動的你一份大禮！只要看完這本書，並且拿著這本書錄下自己針對任何自訂主題所做的演講或簡報（3～5分鐘），再把影片上傳至YouTube並將連結寄給我，我就會針對你的內容、聲音、台風、肢體、抑揚頓挫等，給予專業的分析與建議，讓你一點就通，在最短的時間內突破自己的盲點，做出讓周遭親友們都感驚艷的改變。

這是一本融合了上台演講、授課、簡報與分享等所有相關心態與技巧的攻略大全。有時為了敘述方便，我會用演講當作是主要情境，有時也會用授課或發表簡報作為主要場景，但其實背後的心態和技巧都是彼此相通、可以交互作用的。為了因應不同需求，我將內容分為四大篇，分別是「上台準備」、「台上功夫」、「走下舞台」，以及「成為專業講者之路」。您可以依照自己的需求，以及現在所處的狀態，找到適合自己的內容。期待我們能夠因為這本書結緣，並一起在持續的行動中，讓自己具備成為「台上A咖」的素質——一開口，便能征服全世界！

目錄

CONTENTS

Chapter 2 台上功夫篇

Chapter 3 走下舞台篇

Chapter 4 成為專業講者篇

Chapter 1

上台準備篇

The Power of Public Speaking

第1招

展現原本就該屬於你的自信！

如果你問我，上台能夠落落大方、侃侃而談的基礎是什麼？對於上台說話的人來說，什麼是最重要的要素？我一定會說：自信！可是，擁有自信對於許多人來說，往往是難上加難的事情，甚至是必須花一輩子去學習的功課。

因為每個人成長的環境與背景不同，有些較幸運的人，從小便在父母的正向鼓勵下成長——「做不好沒關係，勇於嘗試已經很棒了！」、「做錯了也是好事，這樣可以早點學到教訓，避免未來更大的風險」……在這樣正面思考的環境下耳濡目染、漸漸成長的孩子，會傾向於肯定自己的每一次嘗試、相信自己能越來越好，並且也較能夠認可自己所做的每一件事情。在需要上台分享或報告時，自然能夠滔滔不絕，口若懸河。

但我們多數人的運氣沒有那麼好。特別是在華人社會，父母常因為害怕孩子受傷而過度保護，又或者受到「不謙虛就是驕傲」的思想餘毒影響，對孩子的想法或表達常以不信任的方式打壓：「你一個小孩子懂什麼！」、「你憑什麼覺得自己可以做到？」、「還沒學會走就想飛喔？」……在這樣負面的態度和言語環繞下長大的人，不僅難以對自己有信心，更難以站在台上向他人分享自己的想法和經驗。因為我們都覺得自己「不配」站在台上，而且分享的內容也「沒有價值」。

如果你非常確定自己擁有上台的自信了，那麼你可以直接翻到下一招繼續閱讀。但如果你覺得自己的自信有強化、修煉的必要，請利用以下我所介紹的幾個方法，幫助自己在最短的時間內提升自信，並將那份自信帶上台，完成你在台上的絕佳表現。

首先，請你一定要正確地看待自己，並且慎選你對於自己，以及自己在做的事情的「定義」。因為一直以來，有太多人都用錯誤的方式看待自己。

在這個世界上，每個人都是獨一無二的存在。你的思想、人生與經驗，都具有其貨真價實的意義，而你當然應該透過演講或報告，來和更多人分享。

但如果你打從心底認為，「自己只是個可有可無的存在」、「世界上有沒有自己都是一樣的，地球照樣會轉動，太陽也依舊會升起」……雖然從某種程度上來說是正確的，但如此就難以感受自己人生的價值，及說出來的話的意義，也就更容易覺得自己沒有站在台上的必要……擁有如此心態的人，能夠面對著他人，好好說話嗎？答案當然是否定的。

因此，即使你從小就受到根深蒂固的負面思想教育，讓你覺得自己不是獨一無二的存在、不該有自信……從現在開始，你也應該「選擇」去相信自己是有選擇權的，你絕對有權利，同時也應該去相信：我是這個世界上獨一無二的存在，而我所分享的內容，也絕對有其價值和意義。

將這個思想定錨後，其他自信的養成方法就能不費吹灰之力地信手拈來了。

下一個延伸自信的思考模式，就是「不要只看到別人有、自己沒有的，而要專注於自己有、別人沒有的，並加以強化提升，將其發揚光大。」

大部分的人之所以會沒有自信，是因為自己老想跟魚比游泳、跟鳥比飛翔，而非對自己所擁有的一切心存感恩，並想著該如何繼續提升。

舉個例子，當我把自己拿來和周杰倫比較時，多數人的第一個想法一定是：「瘋了嗎？這怎麼比啊？鄭老師你和一般人比起來，或許還算人中豪傑，但跟周杰倫比……你連他的車尾燈都看不到吧？」

的確，如果要和周杰倫比財富、做音樂的能力、粉絲多寡，我當然會輸給他。但是，如果要比較我跟周杰倫——誰有博士學位？誰會4國語言？誰能在台上侃侃而談、妙語如珠？那麼周杰倫肯定比不上我！這並不表示我比他優秀，只是當我以自己專精的領域，來和他較不擅長的領域比較，我必能勝出。

你或許會說：「不對啊！可是什麼博士學位、4國語言、演講的能力……我並不覺得有什麼了不起，也不覺得有什麼意義啊！」

這就與我先前提到的「慎選定義」有關。世界上所有的事情，都是由我們去賦予它意義，並進而帶出相對應的做法和結果。那麼，我為什麼要接受你的定義，去覺得自己所擁有的東西不重要呢？也就是說，我們又為什麼要接受別人的定義，去覺得自己所擁有的東西沒有價值呢？

我就偏要覺得自己擁有的一切都很有價值！當這樣的思想在你腦裡根深蒂固

之後，你就不會因為羨慕別人而看輕自己了。因為你知道自己也擁有其他人沒有的東西，並且還能持續進步、越來越好！

抱持著如此的思維模式，一位原本被社會大眾覺得「可憐」的單親媽媽，便會覺得自己是一個能夠勇敢向家暴夫Say No的「勇者」，更是一位負責任的母親，靠著自己的堅強、毅力與能力，把孩子養大成人，因此當然有資格站在台上分享自己的心路歷程；抱持著如此的思維模式，一個原本覺得自己「處處不如人」、來自貧窮家庭的孩子，便能以另一種方式看待自己，因為所有的一切都是靠自己努力得來的，能夠在惡劣的環境中力爭上游，擁有異於常人的「堅持力」、「耐挫力」與「決斷力」，因此比起多數人或富二代，當然更有資格站在台上分享自己的故事，也絕對能激勵聽眾們「將相本無種，男兒當自強」的雄心壯志，並進而效法！

不要輕易接受別人為你下的定義或框架，而要自己選擇能讓你更好、更強大的定義與思維邏輯。如此一來，你就能昂首闊步地走上台，分享你的想法，說出你獨一無二的故事！

一開口，全世界都想聽你說 1

用正確的方式看待你自己。
相信自己是這個世界獨一無二的存在，
你所有的思想、經驗、成就與挫敗，都有與人分享的價值！

第2招

快速培養自信的2大訣竅！

關於培養自信，我還有2個非常有效的訣竅。

第一個是**「適當地自欺」**——自欺，顧名思義，就是自我欺騙。但為什麼要自我欺騙呢？

因為，現實就是如此殘忍又如此痛苦，常讓當事人幾乎看不見任何一絲希望。如果不自我欺騙，欺騙自己將會有轉機或一個美好的未來，那麼就只能陷在絕望的深淵，萬劫不復。

儘管你現在尚未擁有你想要的那個東西，以及具備那個能力，你都必須在持續提升的過程中，不斷地「欺騙自己」：我擁有那個東西，我具備那個能力，我就是那樣的人！

讓我舉個實際的例子。我在20歲時，第一次準備參加全國大專的演講比賽。雖然當時是我生平第一次參加大型演講比賽，我卻不斷告訴自己：「我可以做到！我會是第一名！」因此從準備期開始，我就以「我是冠軍」的心態來準備，想像自己是第一名的講者。「第一名的講者應該說出什麼樣的內容？」、「運用什麼樣的手勢？」、「用什麼樣的抑揚頓挫？」……我在心中假想這些問題，然後在自己模擬出的舞台上（政大堤防外的空地）展現出來。我至少這樣練習了100遍，甚至還將自己的內容錄下來（當時的比賽是要從5個題目中選一個來講，並非即席演講），走路的時候聽，吃飯的時候聽，上廁所的時候也聽，並且跟著錄音檔動嘴——我就是要將這場演講練得滾瓜爛熟，同時精確地掌握時間。

或許那一年真的是因為我準備得萬無一失，更可能是「真正的高手沒來」，我在最後打敗其他40多所學校的代表，獲得當年度的第一名！當時我的內心激動到無以復加。在經歷了大學聯考失敗、轉系失敗、轉學考失敗等多次失敗後，我終於又靠著自己的努力，贏得了貨真價實的榮耀。

有了那次的經驗後，我徹底相信「適當地自我欺騙」的功效，並且總是帶著類似的心情來面對所有的挑戰。包括後來考取教育部公費留美的資格、順利取得博士、拿到韓國教職，到如今能擊敗強勁對手贏得政府標案……等，都是拜這種「適當地自我欺騙」的心態所賜。

但我知道，很多人就是無法接受「自我欺騙」這回事。因為在他們看來，還沒有做到的事情，怎麼能說自己一定會做到呢？因為那個成功就是在未來，就是還沒有發生啊！

依照邏輯來看，我們的確不能在事情還沒有發生的時候，就說它已經發生了。不過，人生中有許多事情，特別是夢想這件事，是不會按照邏輯來演繹的，有時候奇蹟就是會出現。而且說也奇怪，當你「自我欺騙」地認定「事情會往好的方向發展」時，就會進入一個正向循環，所有的好機會都會開始圍繞過來，幫助你實現心中想像的願景。相反地，如果你習慣進入負面的思考模式，不相信好事與好機會將會降臨在自己身上時，那麼還真會有股力量，「順你心、如你意地」為你的困境雪上加霜。

因此，我常以自己的經驗奉勸大家，既然生命都要繼續走下去，就用正面地思考和適當地自欺來相信自己，而那些在負面思考下所想到的困難與挫敗，就把它們當作是提點自己及早準備，或是能借力使力、趨吉避凶的墊腳石即可。

其實在「適當地自我欺騙」背後，還暗藏了另一個策略，那就是：**「不斷地採取行動！」**如果只是「自我欺騙」，卻完全不採取任何行動，情況同樣也只會是一潭死水，不會有任何正向的產出。

我曾因為擔心畢業後開始找工作時，會難以突顯自己的工作能力，而在大學時期努力在校創立社團、舉辦大型活動；也曾因為想把英語學好而特地去參加海外華裔青年返國研習團當輔導員，藉此強迫自己全程講英文；還曾在年輕時因為想要出國，但礙於家裡沒錢，而去青訪團被操個半死，最終代表臺灣去歐洲7個國家表演訪問；甚至也曾在不會韓文的情況下，硬著頭皮到韓國弘益大學參加面試，並獲得眾人稱羨的教職，讓我得以一邊教中文，一邊學韓文，還存錢買了兩間房子……這些帶著「自我欺騙」的心態所搭配的行動，讓我一次又一次地相信自己的決定、墊高自己的實力，也強化了對自身的信心。

因此我衷心建議想強化自信的你，好好善用「適當地自我欺騙」，加上「不斷地採取行動」這2個策略，培養出絕對的自信吧！

在你要開始採取行動之前，你必須先設定一個自己想要達成的目標，但這個目標千萬不能訂得太高，只需要比自己現在的狀態再多進步10～15%即可——設定一個「只需要稍微努力再加上自律，就一定可以達成」的目標。然後在達成之後，再訂一個比那時的自己再多進步10～15%的目標，並拚命地達成。如此不斷地循環，就會看見自己持續進步，而自信心也能在這樣的過程中不斷被強化。

最棒的是，過去的努力和經驗，都將成為你在台上演講時最真實、最能打動人心的素材。因為那些都是自己真實的經驗，因此你在分享時便會充滿熱情，同時也不會忘詞！比起舉些知名人士、古聖先賢的例子更輕鬆，也更能讓所有的聽眾為你喝彩，被你鼓舞！

一開口，全世界都想聽你說2

「適當地自我欺騙＋不斷地採取行動」，把小成功在心中無限放大。

設定比現在的自己更進步15～20％的目標，

不斷增進舞台上的實力，站上更大的舞台！

第3招

錯誤的自我認定，讓你成為那種不能上台的人！

想讓自己成為「台上A咖」，除了培養自信與不斷地自我提升外，向真正的演說家或你想效法的「模範典型」學習，是最有效率的方法。其實，關於台上說話技巧的模範典型非常多！也可以多多參考國外的優秀講者，只要在TED的網站上，搜尋「The 20 most-watched ted talks.（20場TED上最多人觀看的影片）」（或是直接輸入網址：https://blog.ted.com/the-20-most-watched-tedtalks-so-far/）就能將目前為止，TED上最受歡迎的演講一網打盡。

它們之所以能成為在TED上最多人觀看的演講，就必定有它們的過人之處，不論是內容、台風、簡報製作或與聽眾的互動，想必都是萬分精彩！這就像是書店排行榜上的暢銷書一樣，能夠榜上有名，就一定有其成功的原因。我們應該仔細地研究這些「模範典型」的成功之道，不僅不要嫉妒，還要將其善加運用在自己的演講上，相信絕對能因此帶來同樣甚至更好的效果。

TED平台聚集了世界各地的志工提供翻譯，因此即使你的英語不好，也完全無損於向專業講者學習的過程。透過影片的內容與講者的表現，你可以汲取他們的精華並納為己用，讓自己能在最短的時間成為極佳的講者。

在中文演講方面，則可以在YouTube上搜尋「超級演說家」或「我是演說家」等關鍵字，藉此找到許多優秀的講者。在觀看他們演講時，不僅可以學習他們鋪陳內容的方式，還可以學習他們運用手勢、做出抑揚頓挫、顯露情緒，以及與聽眾互動的能力。千萬不要把自己當作是一個單純的學習者，而要站在「製作人」與「批判者」的角度去觀看，去蕪存菁，將對方出類拔萃之處納為己用，有待商榷之處則要引以為戒。

看到我如此鼓勵大家向專業講者學習，或許你會質疑：「匡宇老師，可是我就不是一個那麼活潑、那麼會『演戲』、那麼會站在台上表達自我的人，即使我看了那些人，我也學不會他們的技巧啊！」

這真是一個大哉問啊！我必須要再次提醒——自我認定與定義的重要性。當你出現這樣的質疑時，就表示你已經「認定」自己就是那種很難改變的人了。但是，既然我們人生的一切，都是建立於「我們覺得」、「我們決定」和「我們認定」之上，那為什麼我們不能「認定自己是另一種人」呢？

如果你看過梁朝偉的專訪，應該也會認同，他就是他自己所形容的那種「性格偏向安靜與害羞的人」。然而這樣的人，又為什麼可以演出電影《色戒》，在全世界人的面前，露出自己的屁股蛋和女主角湯唯「啪啪啪」呢？

這是因為，他將自己設定成「專業演員」，既然是個專業演員，不管你原本的個性如何、當下的狀態如何……既然「上戲」了，就該在上戲的當下，演好自己被賦予的角色！

這也讓我想起自己在學生時代時，於1997年參與青訪團出國表演、訪問的日子。當時我們作為台灣的青年代表去歐洲7個國家表演、訪問，從原本不會跳舞被操到會跳舞，經歷了一般人無法想像的嚴格訓練——肚子痛？心情不好？受傷？誰管你啊！不管你現在是什麼狀態，只要到了該上台的時候，就該表現出專業的樣子！

那段經歷給了我這輩子受用無窮的經驗和觀念：「只要在台上，就該表現出在台上該有的樣子，因為我是代表台灣的表演者！」

在任何形式的台上，你都可以將自己認定為一名「演員」。既然上台了，就該表現出在台上該有的樣子，千萬不要認定自己是「普通人」，而呈現普通人在台上散漫、不知所云的狀態。

下次，當你有上台的機會時，記得告訴自己：我是一名「演員」，我要演好「超級演說家」的角色。相信我，當你如此設定時，你就會表現出一位「超級演說家」該有的樣子，久而久之，相信你也能成為一位名副其實的超級演說家！

一開口，全世界都想聽你說3

將自己設定成一名「專業演員」，站在台上或與人說話時，都要在那個當下表現出專業人士應有的樣子！

透過網路觀看優秀講者的影片，一邊幻想自己是他們，一邊練習，可以加速自我實力的提升。

第4招

成為「台上A咖」的4大絕招！

每當我在台上完成一場演講或主持之後，總會有人問我：「匡宇老師，請問我該怎麼做，才能像你一樣在台上滔滔不絕、不會忘詞，並且時不時來些讓人大為驚艷的臨場反應？」

這時，我都會毫不藏私地將自己多年摸索出的技巧跟大家分享，就像我現在書寫的內容一樣。

我大學時讀的是哲學系，因為非常害怕畢業後會找不到工作，同時又因為了解了口才在職場上的重要性，於是便開始刻意地訓練自己說話時的咬字、音調的抑揚頓挫、重點的掌握度與明確表達的能力。我是如何練習的呢？以下是我從以前到現在，一直在使用的4個方法：

①每天選擇一篇自己覺得詞句優美的文章，或論理有據的社論，**大聲地朗讀出來**。不只是朗讀出來而已，還要想像自己心中覺得值得學習、模仿的那位模範講者會怎麼朗讀，然後幻想自己是他／她，以那樣「完美」的方式朗讀出來。

②接著，將那篇文章／社論放在一旁，思考3分鐘，試著用自己的話，把剛才整篇文章的重點，**用自己的話說出來**。（剛開始要做到這一步真的非常困難，但是聚沙成塔、積少成多——先一個段落、一個段落地開始分段練習，每讀完一個段落，便使用一句話來總結該段落的重點。當每個段落的重

點都摘要出來後，就足以構成豐富的素材，讓你用自己的話介紹或重述這篇文章／社論了！）

③**「逢人就說」**該篇文章／社論的精彩之處，試著向自己吃午餐時遇見的朋友，或一同吃晚餐的家人分享。尤其如果分享的是一件好笑的事情，但第一次聽的人沒什麼反應、笑不出來，就可以藉此檢討自己「是在哪一個環節出問題？」、「為什麼會把如此好笑的一個段子給毀了？」思考下次該怎麼講才能讓人聽了哈哈大笑，然後再找尋機會向另一個人說，說到有人如預期般開懷大笑為止。

④對著鏡子練習、在公車或捷運上喃喃自語，或是用手機**把自己說話的畫面錄下來**，並且反覆播放，觀察自己是否有類似「哼哼啊啊」、「就是呢、就是呢、就是呢」、「然後……所以……」等不該出現的贅詞，或是手腳亂擺動、眼神亂飄等行為。

（我還會刻意為自己設下不同時間長的規定，逼迫自己同一篇文章、同一件事情、同一個笑話，以自己的話語說出時長分別為3分鐘、5分鐘與10分鐘的3種不同的版本。

或許你會好奇，明明就是一個很小的例子，要如何才能把它變成是5到10分鐘的短演講呢？那根本是不可能的任務啊！

其實有一個我在演講時常用的「偷吃步」，它能讓你的演講依照當下的需求，進行「因時、因地制宜」的調整，同時也能展現出你這個人的舞台魅力——如果要將一個短短的故事發展成一個差不多10分鐘的短演講，只要在描述完故事本身之後，再以「自己親身」的例子和經驗去做比較即可。如果一個例子不夠，就再多加一個例子，進而贊同或反對在該文章或事件中看到的論點，你可以透過例子附和或加以批判，但別忘了，一定要在最後明確地闡述你的中心思想。）

在這樣子的大量練習之下，便能讓你不知不覺地訓練出抓住重點、一語中的的能力，也能透過抑揚頓挫來讓自己的內容更扣人心弦。在這些學習過程中，更能潛移默化地在腦中增加大量的詞彙、語句與專業知識，它們都會偷偷儲存在你的「大腦硬碟」裡，使你比其他人更容易「自動搜尋」出那些語句和例子，並且讓你在台上說話時，不費吹灰之力就說出來。你每天的練習，將幫助你訓練出超強的「語彙肌肉」，就像職業運動員的本能一樣，在必要的時候，第一時間以超越思考的方式、下意識地展現出來，為你博得滿堂彩。

如果你能持續練習上述的4個方法，相信我，半年之後，你的同事/同學、上司或客戶，一定會對你這樣彷彿「不可能的任務」般的改變感到非常驚訝！

或許你會更好奇——在台上的臨危不亂、靈機應變，又是怎麼做到的呢？是否有一套邏輯性的方法可以用來自我訓練？還是只能仰賴天賦潛能，沒有天賦的人，打死都學不會呢？

相信我，台上的沉著穩重與機智反應，絕對是可以透過後天的努力而習得的。但在習得並且自在揮灑這種能力之前，還必須先具備一個有如「定海神針」的心態。到底這心態與有效的操作發展模式為何呢？我將在下一招說明。

一開口，全世界都想聽你說4

透過每日閱讀或觀看優質內容的影片或文章，消化重點並發展出自己的論點和說法，絕對可以在短時間內，成為一個言之有物、說話條理分明的「台上A咖」！

第5招

放棄完美主義——世上唯一不變的事情，就是所有事情都會變！

舞台上難免會有一些突發狀況，跟我們原本規劃和預期的完美畫面大相徑庭。遇到這種可能將我們準備許久的成果和努力毀於一旦的突發狀況或危機，我們該如何防患於未然，並進一步將負面元素轉為正向產出，或用幽默、風趣的方式來扭轉，替整體表現及自己加分呢？這樣的智慧與臨機應變的能力，是可以訓練出來的嗎？

我的答案是：絕對可以！而且每個人，都該訓練自己擁有這種能力。只不過在訓練之前，必須抱持著一種正確的重要心態——**放棄完美主義，並且相信自己有能力面對任何的變動和挑戰！**

秉持著完美主義，固然可以提升自己工作成果的品質，但實際上，有許多人都因為完美主義而處於不滿與自責的深淵。

尤其當現實生活中的許多工作都必須透過團隊合作、群策群力來達成時，擁有完美主義的人，在與其他人的標準不同，且又不具備指揮他人的位階與權力的狀況下，便永遠會覺得成果達不到自己的要求，長期下來，可能導致大量的爭吵與怨懟，還可能因此而有憂鬱的傾向。

在台上演講更是如此，因為不可控的變數又更多了。就算你將內容準備得盡善盡美，也無法控制音響出問題、投影機放不出來、無線麥克風受波長干擾、聽眾手機響起、準備來鬧場的聽眾等變數，就連原本掛得好好的背板，都有可能在一陣強風吹來時，支撐不穩而砸到你頭上！如果不放棄完美主義，就可能被這些隨時出現的問題搞得精神耗弱，甚至在問題發生時感到氣憤難平。

因此請不要擁有完美主義的堅持！我們可以用高標準來要求自己所準備的內容、時間的掌握，也可以早一點到現場測試麥克風、投影片、音響，以及欲播放的影片，但心裡都應該接受「世上唯一不變的事情，就是所有事情都會變」、「永遠都可能有突發情況發生」。真正應該具備的是「相信自己有能力面對任何變動和挑戰」的心態，如此才能在變動發生時，立刻扭轉或運用這些突發狀況，讓演講能繼續順利地進行下去。而最後你的幽默風趣或機智反應，也必定能贏得滿堂彩，墊高你作為一位「台上A咖」的高度。

讓我舉2個實際的案例。

某次我在主持一場青年職涯論壇的時候，該論壇的背板上有一句類似要大家

「準備好自己，勇敢揚帆探索未來」的標語。原本整場活動進行得十分順利，但不知為何，在接近尾聲約10分鐘、台上幾位分享者正試著為今天的活動做總結時，喇叭忽然斷斷續續地傳出「呼——呼——呼——」像風一般的聲音。這真的非常惱人！幸虧講者們都身經百戰，全都沉穩地繼續完成他們的發言。

而一旁擔任司儀的我，則不斷想著要在最後扭轉乾坤，因此當對談的主持人將麥克風交給我做Ending時，我立刻問台下的聽眾們：「大家聽完今天台上講者們的分享後，是不是都覺得收穫滿滿，想要起身行動了呢？沒錯！剛才你們聽到喇叭傳出來的呼呼聲，就是在告訴大家『起風了！揚帆的時刻到了！』讓我們一起牢記這個當下的感動，立刻轉為行動，讓自己職涯的藍圖無限延伸吧！」

雖然所有人都知道我是「硬拗」的，卻也都露出微笑、大聲鼓掌，不少人告訴我，覺得我「拗」得也太好了！太符合當下的情境與當天的主題了！也因此，該主辦單位之後的職涯活動也都指定要我主持，這就是「良好的臨場反應能帶來綿綿不絕機會」的最佳例證。

另一次是我受邀到某大學演講時發生的事。我平時受邀去演講時，基本上會遇到2種情形，一種是來參加的同學全都是自主報名、對我的主題很感興趣，或者本來就知道我是誰、看過我的書，抱著興奮的心情來跟「偶像」見面的情形。在這種場合裡，所有的精彩互動和幽默風趣，幾乎都是信手拈來、渾然天成的，那種賓主盡歡、台上與台下和樂融融、寓教於樂的感覺，經歷過的人都知道，那是對講者最大的讚美和鼓勵。

但另一種情形是，來參加的同學們只是因為修了這堂通識課，抱著來睡覺或滑手機的心情，度過兩小時的演講以拿到分數；又或者只是想混個文憑、主動學習的意願低落、人來了但心不在，只求這兩小時的演講快快結束就好⋯⋯很多演講者為了避免這種情形發生（尤其近年越來越多這種狀況），乾脆不接學校演講，或是只去臺大、清大、交大、成大等大眾認知中的優秀學府，不願把時間浪費在無心學習的「庸才」上。

但我總覺得自己分享的內容，非常有價值，希望能藉此（也真的）翻轉他人的一生。因此就算大部分的同學聽不進去，只要100個人之中，有1個人受到影響、被鼓舞，因而採取行動、做出改變，使得人生翻盤，我就算功德無量了。為了「那一個人」，無論聽眾多冷淡、多心不在焉，我也都會傾囊相授。

那次演講的主題是《搭訕開創愛情與事業雙贏》，是平時在校園演講時最受歡迎的講題之一。當天大部分的同學，雖然一開始因為不太認識我而吝於鼓掌，但後來也都還算捧場。有些一進來就趴下睡覺的人，也越聽越覺得有意思，後來索性不睡了，還有些本來想偷打電動的同學，最後也乾脆收起手機，津津有味地聽著。

但其中有一位男同學，擺明就是想來亂的——他一直在和旁邊的同學大聲說話。對付這種同學，我通常都會在講完主題後，藉由要同學們反饋或分享的方式，將麥克風遞到他面前，讓他說個夠。而通常原本不想聽的聽眾，知道講者居然會來這招，也會覺得：喔！我要好好聽了，免得被問到，說不出來很丟臉。

可惜那位同學打算要賴到底。當我把麥克風遞到他面前時，他的頭往後閃得彷彿在躲瘟疫似的。我心想，沒關係，至少這麼做之後，他就知道該收斂點了。但我可以感覺到，他開始對我有了更強的敵意，大概是我讓他發言的這個舉動使他倉皇失措，於是他開始在之後我提到某些事情的時候，故意用些發語詞或聲音來干擾演講進行。我於是暗暗思考著該怎麼和他繼續交手。

機會來了。

當我的演講進行到「很多男同學想要認識心儀的女同學，卻不知道該如何開始」的主題時，我邀請一位女同學跟我互動，演出在路上相遇的情境，並且做出示範。我跟聽眾們說：「其實，在簡單的禮貌微笑後，說聲『你好，我想認識你』，就可以開始主導對話了。」

我接著問大家：「當你把『你好，我想認識你』當作是一個告知句，而不是詢問句，並開始主導話題時，女孩子會有什麼反應？」

這時那位男同學突然大聲接話：「你白痴哦！」

大部分的講者被台下聽眾這樣嗆聲時，都會感到不知所措吧？而且說實在的，那位男同學的接話真的接得非常棒，不僅巧妙地利用我問句中的情境，還夾帶了罵我是白痴的意思，可是又不是那麼直接，很有創意。

可惜那位男同學萬萬沒想到，我可是個身經百戰的高手，我立刻大聲回應：「沒錯！想必這位同學以前一定搭訕過，知道用錯誤的方法攀談時，就會被女生這樣對待。而且有時候就算你真的禮貌地自我介紹，還是會有人把你當狗屎，對吧？來，這位同學，說說你被對方罵白癡時的反應吧！」

那位男同學頓時啞口無言，他本來以為可以讓我臉上無光，卻反而讓自己困窘不已。最後他索性拿起外套，把頭塞在外套底下，趴著裝睡去了……

看到這裡，你一定會想：天啊！你怎麼能反應得如此快速啊？就算我放棄完美主義，並且相信自己有能力面對所有的未知與突發狀況，感覺還是很難做出這樣的反應啊！這種反應力該怎麼訓練呢？

其實，這是因為我懂得善用「預見自己的成功」與「預想所有突發狀況」的方法來裝備自己，才能讓自己在台上成功練就金剛不壞之身。在接下來的篇章，我會更詳細地說明！

一開口，全世界都想聽你說5

放棄完美主義，但仍要以高標準要求自己。接受台上可能出現、意想不到的干擾，堅信自己有能力將「意外」扭轉成「驚喜」！

第6招

「在台上遇到突發狀況怎麼辦？」現在才想到就太遲了！

在上一個招式中，我鼓勵想成為優秀講者的你，放棄完美主義，並且相信自己能面對所有變動。而實際在面對突發狀況時，則可以透過2種自我訓練，讓自己在面對突發狀況的當下，得以不憂不懼、老神在在地應付。這2種訓練就是——**「預見自己的成功」**與**「預想所有突發狀況」**。

不認識我的人，在路上或捷運上看到我時，想必會覺得我這個人「怪怪的」——我幾乎都帶著耳機，嘴裡振振有詞。這是因為我為了維持自己英、日、韓語的外語能力，會善用零碎的時間，一邊聽著英、日、韓語的廣播，一邊跟著張嘴唸，藉此了解時事並熟悉語彙聲調。在遇到聽不懂的單字或時事時，我也會立刻查網路字典。有時候，你會看到我閉著眼睛，低頭沉思，又突然抬起頭來，炯炯有神地看著前方。這通常是因為我即將前往一場演講或主持，所以我也會運用零碎的時間，很快地將講稿或司儀稿在腦中走一遍，並幻想著自己順利主持，或者贏得聽眾滿堂彩的畫面，最後張開眼睛「回到這個世界」，藉由眼前看到的景象，讓「還未發生的事情與現實世界結合」。

也就是說，每一次的演講和主持，我都會在心中默默進行一個「儀式」，預見自己的成功。不曉得大家有沒有聽過一句話，大意是說，與其「想成為那樣的人」，不如就以「已經是那樣的人」的狀態來行走、說話、吃飯和睡覺。當你讓自己以一個「超級演說家」的方式活著，就容易表現得像個「超級演說家」，因為你已經是真正的「超級演說家」了！

另一個我每次在演講與主持前會做的事情，就是預想所有可能的突發狀況。請注意，這可不是杞人憂天，而是為自己先去「場勘」或「彩排」，在腦中把過程全部走一遍後，開始幻想可能發生的突發狀況。先幻想可能發生、最糟糕的情形，再想出最佳的解決之道——萬一真的發生了，剛好能迎刃而解，而要是沒有發生，豈不是更加如魚得水？

我經常提醒大家，負面思考是再正常不過的一件事，因此不需要刻意避開或無視負面思考，甚至責備自己怎麼可以那麼負面？應該妥善地運用負面思考，讓它幫助你預想所有可能發生的問題，協助你想出應對的方法，而不是讓你因為杞人憂天、投鼠忌器而難以行動。

總歸一句，還是要行動！並且讓負面思考幫助你做出更有效的方法、採取更精準的行動，避免正面思考容易帶來的過度樂觀，使你忽視明明可以避免的挫敗與危機，導致無可避免的失敗。預想所有突發狀況並試著解決的能力，還可以透過大量閱覽時事、觀看其他人的影片來強化。關於這方面，我想舉2個例子。

年輕的朋友或許不是那麼熟悉，但和我同齡，或比我年長幾歲的朋友們，一定知道蔡詩萍大哥！他目前是「POP Radio」電台的台長。他在很年輕的時候，就當上某大報的主筆，學富五車、風度翩翩，長得又一表人才。原本大家看他的名字，以為他是個女的，直到他後來受邀到電視台擔任時事講評員時，才知道他原來是個男的，還是個超級帥哥！他也因此立刻成為許多電視台邀約上節目的對象，進而成為固定的主持人，並且成為風靡一時的「師奶殺手」。

某天他錄影結束並從電視台走出來，依照慣例地，有一群女粉絲們等候在旁，拿出他的作品想請他簽名、合照。而他也來者不拒，開始簽名、合照。這時，有位中年女子笑臉盈盈地走向他，告訴他自己很喜歡他的書，並拿出書要給他簽名。就在蔡詩萍簽到一半時，女子突然拿出預藏的球棒，「啪」地一聲就往蔡詩萍頭上打去。

「哎呀——！」蔡詩萍一聲慘叫，當場血流如注。一旁的警衛趕緊將女子拉開，送進派出所。到了派出所，女子才說：「蔡詩萍對她始亂終棄，她一輩子都不會放過他……」（有另一說法是，她不滿蔡詩萍在政論節目上批評陳水扁。）

你覺得，蔡詩萍真的對那名女子始亂終棄嗎？當然沒有啊！該女子後來被判斷精神方面有問題，而白白被打的蔡詩萍，則是個溫暖又大度的人，他自認倒霉，並沒有持續追究。當時所有媒體都在報導這則新聞，各大報也都以不小的篇幅加以報導。但我相信，大部分的人看到這則新聞只會覺得「喔！蔡詩萍被打，嗯，好，下一頁」。但我可不是如此。

我將這起事件牢牢記在心中，不斷警惕也時常到處演講、經常出書舉辦新書發表會的自己，在與讀者們談話、拍照時，雖然要維持和藹可親的態度，但內心還是要高度警戒，隨時在心中住了個「成龍」，以閃避突如其來的磚頭或硫酸。

還好我到目前為止都安然無恙，沒有遇到不理性的讀者或精神有問題的民眾，但相信即使我遇到了，也會因為「隨時都在警戒準備」而化險為夷。

而這種預想所有突發狀況的習慣，也跟著我到了不同的職場。2015年到2016年底，我曾在東吳大學任教，擔任華語教學中心的副主任，是一級主管。每週固定會與校長和其他主管聚在一起開會，討論學校的重大事宜。

當時東吳大學創下所有大學的先例，聘請當時已卸任的馬英九前總統擔任客座教授，同時在校內舉辦一場大型的法律講座。我在校務會議上特別提出，一定要注意保全，以防偽裝成馬總統粉絲的校外人士或同學「混」進現場，發生如丟鞋、潑漆、扔水瓶、大聲叫囂等情形。

校長和其他主管們也覺得頗有道理，便強化了活動當天的保全作業，除了在門口進行安檢之外，場內幾乎每隔幾步，就有安排學校老師坐在附近，觀察周遭的聽眾。只要一有人出現怪異的舉動或看似有叫囂鬧場的打算，便可以立刻「禮貌」地將對方「請」出去，以維持現場的秩序，讓活動可以順利進行。

幸虧該場活動順利進行，沒有發生任何鬧場的情形。在上台之前，平時都應注意時事，並且設身處地讓自己進入那些不同的情境，小至麥克風沒電、喇叭沒聲音、投影片播不出來、聽眾問一些不禮貌或尖銳的問題，大至有被嗆聲或丟鞋等情形，都可以提前預想出最佳的應對方法。甚至還可以藉此幽默調侃，展現自己的機智，讓原本就喜歡你的人更加喜歡你，這是台上的每一個人都應該進修的功課。

從今天開始，藉由發生在別人身上的事情，加上同理心與想像力，來鍛煉自己臨機應變、處事不驚的能力吧！

一開口，全世界都想聽你說 6

「預見自己的成功」並「預想所有突發狀況」，讓自己在台上充滿自信，遭遇突發狀況時也能微笑以對、輕鬆化解！

第7招

真正的演講高手，會先感動自己，再感動其他人。

在前面的招式中，我曾經強調如果可以找到那些在演講領域出類拔萃的「模範」，向他們學習，或是將他們最強的部分納為己用，便能事半功倍，瞬間被打通任督二脈，讓自己快速晉升到高手之林！特別是在內容的鋪陳、抑揚頓挫與肢體動作方面，那些高手們都有其獨到之處，值得我們學習。

但當我們向高手們學習的時候，有些人或許會有疑慮，也可以說是某個心裡的「坎兒」過不去。這個疑慮和「坎兒」就是：覺得自己如果去模仿心目中的

「模範」，豈不是會變得和他們一樣，甚至因為學得太像了，而被人覺得自己不過就是個抄襲者、模仿者，是個Copy Cat（模仿貓）罷了？

會有這種想法的人，是因為不想被別人覺得是模仿者、抄襲者，希望自己是原創者，如此的初心很好。但說真的，「太陽底下從來就沒有新鮮事」，所謂的創新和風格，也絕不可能無中生有……說到底也都不過是在既有的基礎上加些創意、來點巧思、或是加以改良的結果。

因此，作為一個新手，能最快速且有效率地成長的方法，就是向他人認定的高手學習，如此才能在最短的時間內百尺竿頭，更進一步。更重要的是，因為每個人都是這世上獨一無二的存在，你絕不可能100%複製他人的長處。當你持續向不同的高手學習、取長補短、去蕪存菁，再加上自己獨一無二的元素後，就將成為一個全新的產物，一個具有你個人特色的「產品」。

以我個人為例，我從小到大看過許多不同的主持人、相聲家、演員和演講家在台上的表現，也因為心嚮往之，而試著有樣學樣，例如吳兆南、李國修、吳宗憲、王文華、蔡康永、周震宇、安東尼羅賓、歐巴馬……都可以算是我未正式拜師的「師傅」。然而我在台上的表現，有和他們一模一樣嗎!?當然沒有！因為每個人的自我都非常強大，所以當我們學習了不同高手們的優點後，再加上自身的經驗和故事，就能為聽眾帶來一種煥然一新、截然不同的感覺。這也是我為何反覆強調，一定要說自己的故事，同時向高手們「偷學步」的原因。

接下來我想介紹幾個人物以及他們的演講，從他們的影片中，你可以很快地學會在台上擺動肢體和運用抑揚頓挫的方法。

張衛健於2014年在《超級演說家》節目上，作為導師的一場示範演講便非常值得學習（影片網址：https://www.youtube.com/watch?v=ymXCGLcEHFs）。

演員出身的他，不僅在整個故事的鋪陳、舞台運用、肢體流暢度都展現出一流的水準，更讓人佩服的，是他的母語雖然是粵語，他卻以在場聽眾的語言演講！而且完全無損於他的表現，可見他為此下過多少的功夫。

他一上台，就先以自己過去的一首歌曲拉開序幕，在提到自己過往為人熟知的戲劇角色時，也會頓時「入戲」，滾瓜爛熟地說出每一句經典台詞。他在提到自己過去如日中天的事業時，便雙手一攤、哈哈大笑，讓人感受他那時目中無人的張狂；而在描述他從谷底爬升，決定把市場從香港轉換到更大的市場中國，卻被某製作人不屑地嗆：「你在內地的知名度是零，臉上沒有毛，你是不值錢的」時，他則拍拍自己的胸脯，表現出深受打擊與刺激的模樣……他在描述每一段自己的過去時，都搭配了那個情緒和場景該有的手勢，讓聽眾成功進入過往時空的氛圍中，是位非常厲害的演員與講者。以張衛健作為自己學習的「模範」，試著用不同的肢體動作，與時而高亢、時而低迴的語調，讓自己像演員般地「入戲」，就能讓聽眾的心情隨著你的故事起伏，深深記住你想要傳達的理念。張衛健透過自己的展演，成功傳達了他一再強調的理念：「我就是用說話改變自己命運的人，我可以，相信你也可以！」

想要學習豐富的肢體表現與語調，還可以向一位前拳擊手與職業摔角選手馬克梅羅（Marc Mero）取經。他在一場被譽為經典的反毒演說上，提到自己有多麼想念母親（影片網址：https://www.youtube.com/watch?v=7EyniGvsVg8&t=6s），他的母親是這個世界上最相信他也最支持他的人。馬克小時候參加美式足球比賽時，他的媽媽會在場邊瘋狂地為他加油，熱情到讓他覺得有點丟臉；儘管進入青春期的馬克交友不慎，經常在外頭鬼混、晚歸，媽媽也永遠會在家裡為他留下一盞燈，並在他返家後問他今天過得好不好……只是，當時的馬克不懂得珍惜，甚至常覺得媽媽很煩。直到有一天，他在國外比賽時接到母親病逝的消息，他衝出門在大街上狂奔，想在第一時間趕回國。好不容易回到家裡，卻見到媽媽已經冰冷的屍體。他放聲大哭，後悔不已——這世上唯一最相信他、不會放棄他的人，就這麼走了，他再也無法聽到媽媽問他：「馬克，你今天過得好嗎？」他多麼後悔自己過去沒有好好聽她說話，甚至經常讓她傷心、憂心，他用自己的遭遇告訴聽眾，做任何不好的事情前，先想想自己的媽媽——這個世界上最無私愛你的女人……所有現場聽馬克分享的聽眾們，無不為之動容，頻頻拭淚。

未來在台上的你，也可以試著像馬克一樣，在描述自己孩提時代參加運動競賽時，在台上手舞足蹈地動起來；在述說自己一天到晚在外頭鬼混時，露出大搖大擺、天不怕地不怕的屁孩樣；在描述自己有多麼思念已過世的親友時，以哭腔帶出自己內心真實的情緒……當你以肢體動作和聲音語調，將自己帶進某種情緒，聽眾就會跟著你一起進入那種情緒。**先感動自己，就能感動他人！**

一開口，全世界都想聽你說7

一個真正的演講高手，會先感動自己，再感動其他人。

善用網路資源，向強者學功夫——不必擔心自己會成為模仿者，因為每個人的自我都非常強大，最終定能自成一格，成為獨一無二的「台上A咖」！

第8招

把任何故事都說得精彩萬分的超簡單公式！

建立起自己的自信，相信自己的過去、現在和未來一定有許多經驗與智慧值得與人分享之後，就要開始學習將自己的那些經驗和智慧，以說故事的方法說出來，並且說得精彩。畢竟，誰不喜歡聽故事呢？

國內外有許多說故事大師，都提供了精彩陳述法的邏輯和規則，包括拆解好萊塢賣座電影的編劇鬼才布萊克．史奈德、講述TED講者技巧的暢銷書作者卡曼．蓋洛，以及台灣3位講授「說故事技巧」的老師許榮哲、李洛克和歐陽立中等人，都依循著相似的步驟來編織動人的情節。根據歐陽立中老師的整理，這6個步驟為：

目標↓阻礙↓突圍↓挫敗↓轉折↓結局。

這的確是最清楚也最有效果的敘事方式。

以我自己的演講為例，當我向聽眾講述《你就是自己的激勵達人》這個主題時，如果對象是大學生，我就會從自己自成功高中畢業前，因為在校成績不錯，而立下了一定要考上臺大法律系的志向開始講起。…………（**目標**）

無奈事與願違，升學考的結果是連模擬考時都不曾有過的低分，因而進了政治大學的哲學系。我內心感到十分屈辱，一天到晚想著：「我不屬於這裡，我要唸有搞頭的學校與科系！」…………（**阻礙**）

於是就讀大一的那一整年，當同學在玩樂時，我則利用每天下課和放學的時間，準備轉學考和轉系考。當時我最痛恨的，就是在圖書館唸書累到趴著休息後，卻在抬頭時看到那些科系較好、畢業一定找得到工作的男女同學，「假藉來唸書之名，行打情罵俏之實」。然而我只能將心中的「恨」暗自吞下，心想：等轉學考一過，看我怎麼把大一沒玩到的份，痛快地玩回來！…………（**突圍**）

無奈放榜的結果，無論是轉系考或轉學考，通通都槓龜了！感覺一整年的努力全都白費了——我就像是一隻鬥敗的公雞，灰頭土臉地回到政大哲學系，乖乖地把剩下的3年讀完。…………（**挫敗**）

幸好當時的我沒有怨天尤人，而是想著：既然社會上普遍都認為哲學系的學生沒有工作能力、將來沒搞頭，那麼我就偏要有搞頭！我捫心自問，在接下來的3年內，做哪些事情可以扭轉乾坤，讓自己具備公司的面試官們喜歡的能力，並為自己的人生翻盤呢？於是我開始參加社團活動，並且積極爭取成為幹部。我不只要當幹部，我還要當社長；我不只要舉辦校內的大型活動，還要辦校際的大型活動；我不只要在臺灣辦活動，我還要在國際辦活動……我不斷訓練自己的辦事能力，於是在大四畢業前，我便累積了以下的經驗：連續榮獲兩屆全國大專演講比賽冠軍、擔任海外華裔青年返國研習團並全程講英語、連續兩年舉辦大專生流行音樂大賽、參加青訪團並代表臺灣到歐洲7個國家表演訪問等等。這些洋洋灑灑的履歷背後，培養出的是運籌帷幄的能力、溝通協調的能力、優異的外語能力，以及面對挫折的能力。大四畢業前夕的我對自己非常有信心，相信自己去找工作，肯定會被錄取。…………（**轉折**）

然而，我在畢業、當完兵後並沒有直接投入職場，而是順利考上公費留學名額赴美留學，並在5年後取得博士。因為大學時參加青訪團的緣故，我選擇舞蹈史舞蹈理論成為自己的主修；也因為學生時代培養出毛遂自薦和未雨綢繆的精神，讓我在知道公費只提供3年學雜費的情況下，一到美國就讀的學校就主動聯繫了東亞研究系的系主任，自薦成為TA（教學助理）。我甚至在之後加州財政困難、不再提供此職務給外國留學生時，開始賣起國際電話卡並從事機場接送的工作，而那些賺來的錢，也剛好足以支付剩下2年攻讀博士的費用——這些全都要拜我當年在大學時代的經驗和智慧所賜！……**（結局）**

而當我演講的對象是社會人士，或是面臨轉職的待業人士時，我則會講述自己在2006～2013年在韓國教授中文7年後回台發展的故事。當時的我覺得自己該放下安逸的一切，回臺灣打拚，為我成為「華人世界一流主持人與激勵達人」的夢想衝刺，於是便毅然決然地辭去工作，回到臺灣。……**（目標）**

但回到臺灣後，一切並不如我所想的那樣順利。社會很奇怪，當你擁有一份世人認定的好工作時，就會有許多不同的機會主動找上你，為你的成功錦上添花，例如接二連三的演講與出書機會等等。但當我孑然一身回到臺灣後，那些曾經主動來與我接觸的人脈和機會，居然都瞬間不見了！……**（阻礙）**

但我沒有因此放棄。我憑藉著自己「勇於毛遂自薦」的精神，以及不怕挫折或被拒絕的金剛不壞之身，持續主動出擊——我寫信和打電話到不同的雜誌媒體如《商業周刊》、《天下雜誌》和《今周刊》等等，表達自己的意願，希望能擔任他們所主辦的大型論壇主持人。同時也與電視台和廣播電台聯絡，甚至主動寫好節目企劃並一家、一家地投遞，希望能當上主持人。…………**（突圍）**

可惜無論我再怎麼努力，都沒有任何一家電視台或廣播電台要我。而那時的我，已經40歲了。在臺灣的求職市場，40歲是一個非常尷尬的年紀，我沒能在前幾年竄出頭來，現在想要別人僱傭，簡直是難上加難。…………**（挫敗）**

但我依然沒有放棄，而是持續努力地毛遂自薦，並且用一個小小的成功，去創造下一個成功。慢慢地，我過去聯繫過的那些雜誌媒體和青年創業協會，都開始主動邀請我主持大型論壇，尤其在需要英語、日語或韓語的場合，更是會第一個想到我。甚至在我鍥而不捨地毛遂自薦下，某大型雜誌媒體也邀請我擔任職場專欄的撰稿人，同時我也開設自己的YouTube頻道與粉絲團，運用自媒體做出自己想做的節目。在這個過程中，我悟出一個道理——如果只把自己設定為一位主持人，那麼自己等於是整場活動流程中承擔最小風險的人，也因此最容易被換掉。於是我決定拚了！我決定自己開公司，以強大的規劃力與執行力和其他公司一較高下，而當我成功拿下整個標案或規劃案時，身為公司的主要策劃者，自然就會成為該記者會或論壇的主持人。…………**（轉折）**

現在的我，在過去幾年的累積之下，開始獲得爆量的邀約！不僅與多家專門舉辦大型論壇的雜誌媒體取得固定的合作機會，更獲得3家廣播電台的邀請，從2019年11月開始製作播出與創業和科技議題相關的節目，並擊敗多間歷史悠久、實力堅強的公關與行銷公司，舉辦如「第五屆高速公路ETC資料在交通管理之應用創意競賽」、「2019年臺北市政府國際失智月行銷記者會」、「桃園市雙語環境體驗及行銷計畫」……等活動。同時也在2019年10月受韓國國家均衡發展委員會的邀請，出席「第一屆東亞和平與均衡發展論壇」並擔任大會演說

者。……………（**結局**）

無論我講述的是哪一個激勵他人的人生故事，也都是照著上述所提到的邏輯發展：

目標↓阻礙↓突圍↓挫敗↓轉折↓結局。

如此一來，聽眾自然能隨著高低起伏、有層次的敘述方式，一起深鎖眉頭或深受鼓舞，對故事和觀點大表認同，並且也開始想跟著採取行動、改變人生！你準備好運用一樣的邏輯與規則，說出自己的故事了嗎？請運用類似的方法，說出能打動人心的故事和體悟吧！

一開口，全世界都想聽你說 8

目標↓阻礙↓突圍↓挫敗↓轉折↓結局。
試著用說故事的方式，打動台下的每個人！

Chapter 2

台上功夫篇

The Power of Public Speaking

第9招

如何把自己的故事說得有趣，讓台下笑聲不斷！

在理解上台說話的邏輯和故事佈局之後，就要開始學習如何將精彩的內容，以有趣的方式呈現，讓聽眾能在輕鬆愉快的氛圍中學到東西，這才是身為講者的台上真功夫！

然而，並不是每一個場合，都適合營造輕鬆有趣的氛圍。你覺得——在首長進行國情咨文時，適合讓大家捧腹大笑嗎？在喪葬儀式上致詞時，應該不斷抖包袱嗎？或是在進行集團匯報時，該讓全場笑聲不斷嗎？

認清自己身處的場合，以及自己所面對的聽眾，這種基本常識和判斷力是每位講者都該具備的。但除了上述的那些場合之外，多數場合都很適合讓自己妙語如珠，並使聽眾會心一笑。幽默風趣的表現方式，能讓聽眾印象深刻，進而抱持好感。那麼，把故事說得有趣的能力，真的是可以培養的嗎？

相信我，絕對可以。只要你掌握底下的幾個訣竅。

郭子乾先生在其著作《解悶救人生！郭子乾Live Show》裡提到4個方法，包括「出其不意，後者推翻前者」、「製造一個意想不到的答案」、「荒謬的過程與結局」、「誇張搞笑的肢體和語調」——我至今奉為圭臬，而這正是我想跟各位分享的訣竅。

首先，**「出其不意，後者推翻前者」**指的是前段的鋪陳，讓答案彷彿呼之欲出後，再突然來個回馬槍，瞬間摧毀聽眾的邏輯——透過這樣的落差，就很容易造成笑點。

我在演講時，常會以自己的故事激勵聽眾——我的父親因為創業失敗，以致家裡完全沒有額外的金錢可供我出國唸書，於是我必須靠自己努力考上公費留學資格，才能如己所願出國念書！而我在毛遂自薦當主持人的時候，雖然一再碰壁，但在我持續不斷地堅持之下，現在也終於小有成就，成為大型雜誌媒體固定合作的論壇主持人，並在知名電台開設自己的廣播節目。像我這樣靠自己努力鋪出康莊大道的故事，最能鼓勵和我一樣的一般人，證明只要透過自己的努力與堅持不懈，就一定可以達到成功的彼岸。作為一個激勵達人，我自己奮鬥的故事，就是最能激勵人心的心靈雞湯！

接著我會問大家：「如果你問我——匡宇，為什麼你能當上主持人？我回答你：因為我是胡瓜的兒子啊！」或「匡宇，你為什麼能當上捷運公司董事長？我回答：因為我爸叫連戰啊！」這樣的答案能激勵人心嗎？當然不能！我就是要靠著自己的努力，才能讓其他人感到被激勵，進而想採取行動、不輕言放棄，不是嗎？這時，聽眾都會露出同意的微笑，頻頻點頭。

然後我會停頓3秒，接著仰天長嘯：「但我多麼希望自己的老爸是胡瓜或連戰啊！」此時聽眾便免不了一陣錯愕，然後哄堂大笑。大家都知道我在開玩笑，但也能心神領會這個幽默的「梗」，這就是一種「出其不意，後者推翻前者」的技巧——用一句話、一個字眼或一個動作，徹底推翻前面的鋪陳，營造出極大的反差，這時，聽眾的笑聲便隨之而來了。

第二個技巧，是**「製造一個聽眾意想不到的答案」**。

我在平日演講時，常會提到自己在2017年和2018年，連續兩年受邀到首爾的國際書展，作為華人世界唯一受邀的講者進行專題演講的事。因為第一年的演講大受好評，第二年便理所當然地再度成為受邀的講者。而更棒的是，也因為該場演講，順利吸引到台下一位韓國出版社老闆的目光，於是他們簽下我的著作

《不要臉，不怕死，這世界就是我的！》的版權，並於2018年年底在韓國正式上市，現任臺北市長柯文哲先生，當時也曾為該書錄製影片推薦。

而我為什麼能在2017年受邀至韓國首爾國際書展演講呢？看到這裡你一定會猜，想必又是透過「毛遂自薦」的方式吧!?沒錯！我在2017年臺北國際書展進場參觀時，看到韓國文化振興發展協會的攤位（他們每年都會帶著韓國的出版社一起來參加臺北國際書展，推廣他們自己在同年6月份即將舉辦的首爾國際書展），於是便一個箭步上前，毛遂自薦了起來。他們肯定會接受我想去首爾國際書展的申請，因為——那是要付費的啊！

當時我心想，過去那麼多年，我無論是透過電話、email主動聯繫韓國的出版社與代理商，都還是沒有人要出版我的書，那麼肯定是我當時的方法錯誤了！這次，我打算直搗黃龍，在首爾國際書展上設攤，這麼一來，韓國的出版社、代理商與一般民眾見我「著作等身」，還會講韓語，對我的興趣便會大大提升，那麼，應該就更有機會在韓國出版我的作品了吧？

我在毛遂自薦的過程中，看著在書展主舞台演講的人，突然靈機一動，心想：臺北國際書展每年邀請那麼多外國的作家、代理商和出版社前來演講，首爾國際書展應該也有類似的作為吧？於是我厚著臉皮問：「我也是華人世界的知名作家，不如你們今年也邀請我去演講吧！」

對方的承辦人請示長官後不到2天，就正式邀請我擔任2017年首爾國際書展的講者（「可見他們甄選講者的標準有多低啊？」——每次我這麼一說，台下總會哄堂大笑，這也是一種能瞬間拉近講者與聽眾距離的自嘲法，在之後的篇幅會再詳盡介紹）。

於是在2017年6月，我就這麼大搖大擺地走上首爾國際書展的舞台，成為華人世界唯一一位受邀的講者！（大家知道為什麼嗎？別忘了，2017年美國薩德飛彈在韓國部署並瞄準中國的事件如火如荼，中國和韓國的關係降至冰點，因此根本沒有中國的作家敢到韓國。也因此，這就是我的絕佳機會！）

在我的演講結束後，臺灣的媒體也開始大幅報導，包括《蘋果日報》、中央社、中廣新聞、《中國時報》、雅虎新聞、LINE Today新聞等，都進行了報導與轉載。

講述到這裡時，我都會請聽眾立刻拿起手機搜尋「鄭匡宇、首爾國際書展」，看看我說的是不是真的。透過手機查詢的聽眾全都點點頭，表示確有其事。我接著又問：「大家仔細看看報導的內容，寫得多好啊！圖文並茂，把我這次為什麼去、講什麼內容、與台下聽眾問答的情形，都鉅細靡遺地描述，還搭配清楚的照片。記者們對我也太好了吧！大家知道他們為什麼對我這麼好嗎？」

當聽眾們面面相覷，思考著為什麼記者們要獨厚鄭匡宇時，我突然大聲說：「那是因為這篇報導是我寫的啊！我老早就把新聞稿的內容寫好了，等當天演講完附上活動照片，便立刻寄給臺灣的媒體。大家都知道，臺灣近幾年在國際間被中國打壓得很厲害，因此只要有任何一個臺灣人在國際上有所表現，媒體都會非常樂意報導，奉為臺灣之光；再加上，臺灣對韓國充滿了愛恨情仇的複雜情緒，覺得過去發展比我們慢的國家，現在卻在許多方面讓我們望塵莫及，特別是在流行歌曲、韓劇、電影和3C展品等……『誰都可以輸，就是不能輸韓國』的情緒高漲，因此當臺灣人登上首爾國際書展演講，臺灣媒體當然會感到光榮，有種『反攻韓國』的感覺，因此就更加樂意報導了！」這時，台下都會爆出如雷的笑聲與掌聲。

這就是「製造一個意想不到的答案」的厲害之處，能讓聽眾恍然大悟、拍案叫絕。試著善用這2個方法鋪陳屬於你自己的案例與故事，讓聽眾捧腹大笑吧！

一開口，全世界都想聽你說9

「出其不意，後者推翻前者」與「製造一個意想不到的答案」，不僅能讓聽眾拍案叫絕、恍然大悟，還能對你說的內容更身入其境。

第10招
荒謬的故事讓人發笑，強大的肢體引人入勝！

在台上說話的時候，如果能運用**「荒謬的過程與結局」**來包裝自己的故事，同樣也能製造出使人拍案叫絕、捧腹大笑的幽默。

我在受邀演講的時候，常和聽眾分享一個叫「我與父親的愛恨情仇」的主題。其中我會特別提到父親與我之間的相處過程，期望能透過我的分享和體悟，讓許多跟我有類似遭遇，覺得在成長過程中被父親「傷害」過的聽眾獲得共鳴，並藉此撫慰心情。

在其中的某個橋段，我會特別提到父親「年齡至今成謎」的故事——記得自己在很小的時候，有次看到父親的身份證，驚覺父親的年齡比其他同學的父親要大上許多。於是回家後我問父親：「爸爸，你怎麼這麼老啊？身份證上寫你是民國19年生的？」

父親聽後先是一凜，接著裝作若無其事地說：「喔！因為當時我年紀小，還在讀中學，跟著國民政府退守臺灣，隻身來臺又無依無靠，只有去當兵才有飯吃、才能安身立命。所以為了能進軍校，我就謊報年齡，給自己加了7、8歲，其實我的實際年齡沒有那麼大啦……」

但很多年後，我在回到湖南岳陽老家與親戚聊天時，他們偷偷問我知不知道父親幾歲？我把父親告訴我的那個比較年輕的歲數告訴他們時，他們卻都面有異色地跟我說：「匡宇堂弟你知道嗎？其實你老爸的歲數，就是他身份證上那個歲數，絕對錯不了，這是我們的父親（我爸的親哥哥）告訴我們的。」

「我的老天！我爸到底為什麼要謊報年齡呢？」每次我在演講時說到這裡，台下的聽眾都會露出不解的神情。

這時我會馬上說：「當然是因為，他要騙過我外公和我老媽啊！」台下爆出如雷笑聲。我接著說：「他們當時以為我爸和我媽年齡相差11歲，雖然不滿意但尚可接受，但如果再加個7歲變成相差18歲，如果你是我媽會願意嫁給他嗎？你是我外公會願意把女兒嫁給他嗎？」

眾人繼續笑成一團，我接著又說：「所以我從我爸的例子，學到一個非常重要的人生智慧，大家知道是什麼嗎？」

可想而知，聽眾中沒人猜得到。我接著說：「那就是，一個男人想要成功，一定要學會欺騙……」這時全場笑翻。

雖然大家都知道我的這句話是玩笑話，因為這一切的背後，夾雜著太多的歷史因素和人間無奈。

仔細想想，當時的時空背景，有多少事情昨是今非、昨非今是？而以一個庶民的真實生活來看，如果當時我爸沒有撒那個謊，就不會有我哥和我的出生，更不會有我的演講與這本書的出現，我到底該指責父親的謊言，還是該感謝父親的謊言呢？但一個荒謬的過程和結論，自然能引發聽眾的笑聲以及各自的體悟。

聰明的你可能已經發現——「出其不意，後者推翻前者」、「製造一個意想不到的答案」和「荒謬的過程與結局」，可以交互運用並發揮加乘的效果。不需要刻意每次只使用一招，同時運用多種招數，便可以使故事的張力大大提升。

另一個值得各位學習的則是**「誇張的肢體和語調」**。

相信想提升「台上說話能力」的你，一定都在一些有關演講技巧的書籍中看過——大部分聽眾對於講者的內容，只有20%的印象，而其餘80%的印象，則取決於講者的肢體動作，以及聲音所呈現出的活力。如果只專注在演說的內容，而缺乏肢體動作與抑揚頓挫，聽眾對講者的印象將會十分淺薄，因此，一旦掌握好肢體動作與抑揚頓挫，就能提升聽眾對自己的印象。無論如何，肢體動作要大、音調也要高亢……

以上的論點其實有待商榷。這些方法在民風淳樸，演講技巧與聽眾素質普遍尚未開發的年代或許還行得通，但現在的聽眾非常厲害，只有誇大的動作與高亢的語調，內容卻空洞貧乏之時，便會被聽眾視為浮誇、肚子裡沒有料。請記住，自己的目標是成功的講者，而不是小丑或搞笑藝人，不需要為了搞笑而搞笑。

與其錯信肢體和語調能帶給你好處，還不如穩紮穩打地以前述中所提到的方法，充實自己的內容、安排好故事及重點的佈局，再搭配幾個幽默的小技巧，使聽眾認同你想要傳達的道理和價值觀，進而萌生實際採取行動的念頭，為自己的生命做出改變。

雖然如此，也不表示肢體動作和抑揚頓挫不重要，它們和內容的準備同等重要！只不過光用文字的描述，很難學會善用肢體以強化內容的訣竅。因此在下一個章節中，我將藉由幾個影片連結，介紹幾位善用肢體和聲調的超級演說家，透過他們的影片內容與肢體動作，讓你能一點就通、了然於胸，未來在強化自己的「台上說話能力」時，便能掌握重點，突飛猛進！

一開口，全世界都想聽你說10

在演說或案例中製造荒謬的過程與結局，不僅能讓聽眾發笑，更能讓他們深思，藉此加強內容的深度。而搭配說話時的肢體動作，有總比沒有好，大總比小好，但還是要因時制宜。

第11招

善用舞台，魅力全場！

豐富的肢體動作與音調的抑揚頓挫，雖然對大部分場合而言，是最能讓聽眾進入情境、接收訊息的表現方式，然而，真的不是每個場合、每類聽眾都適用此種表現方式。譬如在喪禮的哀戚場合中，如果在說話時搭配一堆動作，便容易顯得不倫不類；而當一位宗教領袖在台上說得口沫橫飛、肢體動作頻頻，也容易帶給聽眾「妖僧感」，在心中想著：「這傢伙是搞詐騙的嗎？」

因此，如果希望發揮激勵人心的效果，或讓聽眾與你在情感上有所連結，那麼豐富的肢體動作搭配具有抑揚頓挫的聲調，便是非常合適的舉動；但如果希望營造莊嚴感與神聖感，則反而要減少自己頭部、手部與腳步的動作，盡量讓聲調維持在同一頻率，減少高低起伏。

仔細觀察證嚴法師或其他受人敬重的高僧，都不會在說話時搖頭晃腦、鬼吼鬼叫，甚至翻白眼說他看得見你看不到的東西，或是強迫你「感恩師父、讚嘆師父」等等。

如何善用舞台及跟聽眾進行眼神接觸也相當重要。在一般的演講場合，我會建議大家以豐富的肢體動作、洪亮的聲音，在台上來回走動，並與聽眾們進行眼神交流。我在上一章所介紹過的影片，影片裡的張衛健與馬克，都是自左舞台走向右舞台，再從右舞台走向左舞台，偶而趨前與後退，同時將視線平均分佈於場內的每一個角落。

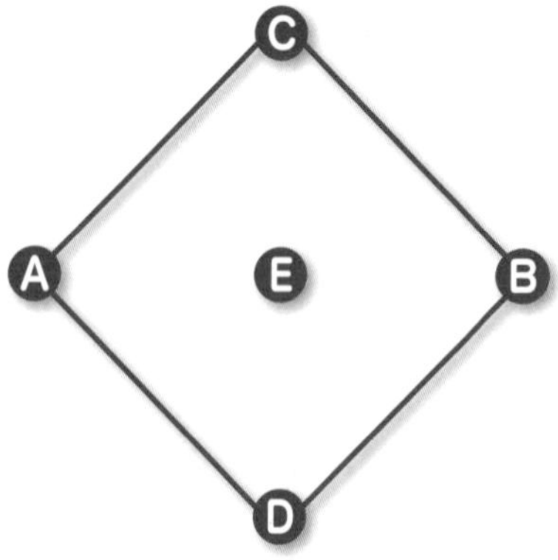

如上圖所示，通常一位優秀的講者，會將聽眾們於這個菱形的範圍中分為5區。講者會先往左邊走，眼神掃向A區的聽眾們，稍作停頓再繼續說。接著走向右邊，沿途眼神帶過中間偏遠的C區，最後停留在B區附近。然後再往舞台的中間走，眼神看向離講者最近的D區聽眾，最後走回中間點並停頓，視線再看向聽眾席正中間的E點附近，如此不斷循環。

若是操作得宜，全場的聽眾們都會覺得：「哇！這位講者在對著我說話呢！」、「我有被照顧到！」、「這彷彿是一場專門為了我而說的演講！」這麼一來，便能成功拉近講者與聽眾間的距離。當然，在運用此技巧時，走動和眼神移動的速度不宜過快，否則會給人一種「趕鴨子上架」的感覺，相當不自然！

將視線平均分佈於全場還有另一個好處，那就是「比較不容易緊張」。作為講者，如果眼神太專注地看著某位聽眾，要是對方突然一個皺眉，我們便容易懷疑自己是不是哪裡說錯了？是不是哪句話激怒了對方？甚至當對方低下頭滑手機時，我們也會開始擔心是不是自己講得不夠好、吸引不了聽眾？

當你將眼神平均分佈在全場時，便能製造出一種「你看向每一個人（但其實你根本沒看）」的效果，不僅能降低自己的緊張感，同時還能讓聽眾覺得自己受到重視，一舉數得！

至於在台上為什麼要走來走去，又為什麼要盡量讓自己有較大的肢體動作呢？那是因為，當你在舞台上還是一個菜鳥的時候，常會不經意地讓自己固定在一個位置說話，使得身體及腦中的思考機能都被限制住，也因此使自己更加緊張、更加不知所云。

但當你將身體動起來時，腦子就會跟著動起來！而且更棒的是，如果你的雙腿在發抖，趁著從左舞台走到右舞台時邁開步伐，那雙抖動的腿便不容易被發現了！手勢也是如此，如果你只是將手乖乖地放在大腿旁，便可能抖得更厲害，只要在這時做些手勢，發抖的雙手就難以被察覺，這豈不是最好「藏拙」的方式嗎？

相信我，當你在台上的大動作與手勢多了，聽眾就會覺得你好像很有自信，你也會越來越不緊張。要完成一場妙語如珠、泰然自若的談話，便完全不費吹灰之力了！

一開口，全世界都想聽你說11

在台上時，將視線平均分佈在會場的每一處，搭配自信的步伐與肢體動作，吸引全場的目光，便能讓聽眾有種受重視、在對著他們說話的感覺。

第12招

既然不必要，乾脆不要說——惱人的贅詞掰掰！

當我們站在台上，無論是進行簡報或是演說時，多數人都會犯一個毛病，那就是說出太多不必要的發語詞、贅詞，或重複太多次的連接詞。

不必要的發語詞如：「嗯」、「啊」、「呃」、「欸」、「哦」……

贅詞如：「那」、「那個」、「嘿呀」、「好」、「對」、「對對」……

重複的連接詞如：「然後」、「所以」、「就是」、「因此」……

其中，不必要的發語詞如「嗯」、「啊」、「呃」、「欸」、「哦」……是說的人不自覺，而聽的人也不一定會立刻察覺的。但因為我長期講授「台上的說話技巧」，因此只要聽一個人講話3分鐘，我立刻就能找出對方說話時，那些不自覺但又沒必要的發語詞。我希望你對於自己的談吐也能「專注完美，近乎苛求」，透過以下的方式，將這些不必要的發語詞減到最少。

首先，最好的方式就是用手機或錄影機，將平時練習發表的影片拍下來，反覆地看。如此，便能輕易地發現自己「說的時候不自覺，回頭看才發現」、不必要的發語詞。

當你發現自己最常出現「啊」、「呃」或「嗯」時，就可以在重複練習時，提醒自己不要出現那些發語詞。有意識地減少它們，再搭配大量練習後再看影片，就會發現長度約5分鐘的練習影片中，只會出現1～2次這些不必要的發語詞，這樣聽來，反而讓人覺得是很「自然」的表現方法。

現代人都喜歡自然、渾然天成且不做作的表現，如果整場談話完全沒有一個不必要的發語詞、過於完美，反而容易跟聽眾產生距離感，覺得這是段精心安排的談話，不太親民。如果你是去比賽，或者是作為一位專業表演者，在那短短的5分鐘內，當然應該做出最完美的表現，但在一般場合，與聽眾越沒有距離，越能讓他們聽得入神，並且為之感動。

不必要的發語詞，就代表它們沒有必要出現。將它們去除的方法，比起刻意提醒自己不要說出來，還不如告訴自己：**用停頓代替**。用停頓取代不必要的發語詞，或是上述的贅詞，同時不影響自己的語義和表達方式，便能讓內容聽起來更為流暢與自然。「既然不必要，乾脆不要說」，這就是最好去除不必要的發語詞與贅詞的方法。

而多數人最常說出的贅詞，就是「對」以及「對對」。儘管自己所說的內容很有道理、非常正確，也該由他人來加以附和、評價，自己說自己講得很對，不太像話吧？因此，建議運用我上述的「停頓」，或者有意識地減少贅詞，來降低「自己說自己對」的頻率。不必要的發語詞和贅詞會降低你在台上給予人的自信感、穩定度和確定性，並且瞬間拉低你的專業形象，不可不慎。

而重複的連接詞像是「然後」、「所以」、「就是」、「因此」等等，也一樣可以透過直接去除（以停頓的方式）來減少，或用不同的詞彙來代換。如果說來說去都是「然後」、「然後」，聽起來就像剛開始學上台演講的小學生一樣，當一位成人反覆地用同一個連接詞，就會給人「程度不高」、「詞彙有限」的觀感。「然後」其實還可以用「後來」、「接著」、「其次」、「第二」……等不同連接詞加以替換。交錯使用之下，整場演講便會聽來更加順暢，聽眾也會對你豐富的詞彙與專業表現，給予極大的肯定。

而我要跟你說一個好消息。如果你可以把不必要的發語詞去掉，並且把贅詞和重複連接詞減到最少，你就等於在公眾演說這件事上超越了一個人──你已經贏過「郭董」郭台銘了！

郭台銘先生即使企業經營有方，富可敵國，但他在公開演說或受訪時，常會在每一句的開頭，先發出一聲「啊……」再開始他後面的發言，如果能將這樣多餘、沒有意義的發語詞，以停頓替代，再接著把話說出來，就能顯得更加沉穩、自信，也會使他所說的話可信度大增呢！

在一件事情上勤於練習、痛下苦功，就能超越大部分的人，特別是台上的功夫，在提升之後的效果是最顯而易見的。希望大家都能用我所提供的方法，減少自己不必要的贅詞和發語詞，提升整體的自信感與可信度。

一開口，全世界都想聽你說12

透過停頓或有意識地刪除，減少不必要的發語詞或贅詞。可以重複觀看自己說話時的畫面，時時提醒自己。

第13招

慎選舞台，不要因為選錯戰場而讓戰鬥力歸零！

在學會如何減少不必要的發語詞、贅詞與重複出現的連接詞之後，我想和你探討一個想成為優秀講者的初學者，常有的困惑：「我就是一個比較不有趣的人，一定要把演講當成是表演嗎？一定要幽默風趣，才會有人想聽嗎？」

這的確值得想成為「台上A咖」的你深思。其實，一場好的演講，除了講者自身的內容與表現外，還與聽眾是誰，以及當下所處的環境息息相關。同樣的內容、同樣的表現，面對不同年齡的聽眾與不同風氣的企業，也會有截然不同的回應。當然，如果你已經是某個「咖」的話，在某種程度上，世界會繞著你轉——你的知名度與高人氣，能讓絕大多數的人都覺得你講得又有道理又有趣。

但我想大部分的普通人，應該都不具備知名度與高人氣，也都還不是個「咖」，所以必須持續努力，並調整內容與表現以迎合聽眾。如果你的個性比較害羞、放不開，或是不幽默風趣，也不需要把自己勉強成一個「完全不像自己的人」。一個人在這個世界上最好的存在方式，就是將自己的個性、天賦與能力做結合，並且加以呈現。因此，如果你是一個幽默風趣的人，當然就該把獨到的見解與內容，以幽默風趣的方式表現出來；而如果你是個拘謹害羞、實事求是、不苟言笑的人，就請以不苟言笑的方式提升專業度與內容的嚴謹度。勉強自己用搞笑、幽默的方式來呈現，很有可能「畫虎不成反類犬」，不僅讓聽眾笑不出來，自己也會表現得扭捏做作、左支右絀。你只需要強化自己的內容，用清楚的咬字、分明的抑揚頓挫來表現，使聽眾專注於你所說的內容就足夠了，因為他們知道仔細聽下去，將能得到貨真價實的收穫。另外，了解聽眾的組成也十分重要。如果你演講的內容是年輕人會喜歡的主題，那麼你所使用的語彙和幽默、風趣的「梗」，自然就很難被較年長的聽眾所接受——這便是所謂的代溝，非戰之罪。這種時候，你就該拒絕年長團體對你的演講邀約，因為你還沒有研究出一套能讓年長者聽得懂且能接受的議題與說話方式。

就連像我這樣身經百戰的專業講者，也承認自己的演講內容對小學生是沒有吸引力的。除非我把原本的內容重編，用更故事化或戲劇性的方式呈現，甚至搭配上戲服、化妝、誇張的動作與表情，才有可能吸引小學生們的目光。但考量到這樣所要花費的時間和精力過多，並不符合我現在的經濟效益，因此我寧可放棄小學生這個族群，專攻高中以上、60歲以下的團體。

我曾在「大人學」創辦人姚詩豪老師的臉書上，看過他分享的一個自身經驗。他提到自己和大多數的人一樣，都中了賈伯斯的「簡報技巧毒」——他把一頁簡報只要一行字、用圖像簡化、盡量幽默、風趣……當作金科玉律、無限上綱，但某些場合的聽眾反應卻彷彿在告訴他：「可以給我看真實的圖表和數據嗎？」、「我不要聽笑話，可以直接告訴我重點是什麼嗎？」、「你表演完了嗎？趕快進入正題好不好？」……他這才恍然大悟，不是每個聽眾都是同一種人、有相同喜好、都只想要看到相同的表現方式。於是，作為一位講者，就應該因人、因時、因地、因公司或單位風氣制宜，這才是一個好的講者該有的態度和自我要求，也才是對聽眾負責任的表現。我再同意不過了。

再回到我一開始所問的，關於想成為「台上A咖」的自我懷疑：「我就是一個比較不有趣的人，一定要把演講當成是表演嗎？一定要幽默、風趣，才會有人想聽嗎？」我的答案也呼之欲出。

答案就是：順著自己的個性與天賦，準備紮實、精彩的內容，雖然不一定要幽默、風趣，但一定要注意聲調的抑揚頓挫。同時，也要**慎選你的聽眾，千萬不**

要讓你的熱情，因為選錯戰場而被澆滅。若是真的想挑戰自我，征服更多不同的聽眾，也要盡量在某個領域與同齡圈、同好圈中站穩腳步後，再尋求突破與發展。為了讓自己的演說能互動頻繁、賓主盡歡，一定要事先對聽眾進行一定程度的了解與調查，掌握聽眾的喜好，在演講內容與表現方式上做出相對應的調整。

這是我給也想成為「台上A咖」的你，發自內心的忠告。

一開口，全世界都想聽你說13

好的講者，要能因人、因時、因地、因話題制宜，不斷軟土深掘，也不斷自我成長，才能讓自己的功夫臻於化境。

第14招

「天生反骨」，助你話題不斷、滔滔不絕！

許多人都羨慕那些能在台上話題不斷、滔滔不絕的人。而大家知道，話題源源不絕，背後的主要原因是什麼嗎？那就是，這位講者必定時常透過大量閱讀、廣泛吸收、思考反省、納為己用、主動出擊、連結縱橫等方式，來豐富自己的涵養，藉此「左右逢源」，讓自己的話題不斷。

我在前面的章節提過，當我們看到一則新聞報導、精彩文章、特殊事件、感人影片……時，千萬不要只是讀過、看過，而要大聲地朗讀出來，或用自己的話語重現一遍。透過這樣的自我練習，使詞彙、案例、敘事特殊度以及表現的精彩度，能在短時間內達到驚人的進步。

也許在一開始練習的時候，你只能將看過的東西做重點式的摘要，但幾次之後，一定要想辦法「有自己的觀點」，甚至是有如「天生反骨」般地想出跟原本文章作者相反的論點或有待商榷之處，進而延伸、發揮。

這其實有點像歐陽脩當年寫〈縱囚論〉那樣。在〈縱囚論〉之前，所有人對於唐太宗將300多名囚犯放回家過節，而這300多名囚犯也都依照約定自主返回牢房繼續刑期一事，讚不絕口，認為這是德政之下，風行草偃，人心也跟著「提升」的結果。沒想到，歐陽脩居然直接點破，認為這不是德政感化人心的緣故，而是「上下交相賊」的結果。那些回來的死囚，根本是因為預想到只要自己回來，聖上肯定會龍心大悅，說不定能因此撿回一命，才紛紛依約回到牢房。果然，唐太宗最後也真的「被猜個正著」，甚至沾沾自喜地以為自己「德澤天下」，這簡直就是天大的笑話！

在批評完這場荒謬劇後，歐陽脩也不忘提出自己的觀點，建議如果真要試試囚犯的心是否被感召淨化的話，可以先放一批人後，等他們回來，殺掉。接著，再放第二批人，看看第二批人是否也都還是會回來？要是第二批人還是依約自主返回，就表示一切真如唐太宗所想，是深受感召，心靈提升。

如果你也像歐陽脩一樣，能對於一件大家習以為常、感到理所當然的事情，做出這樣的反論，便能在看待事情時，永遠保有不同的角度，甚至能延伸出更多他人意想不到的觀點。如此便能造就出源源不絕的話題，讓你在台上像「抖包袱」一樣，一個話題接著一個話題地無限延伸。

例如，在看完這段歐陽脩批評唐太宗的故事後，大部分的人或許就停在這裡了，但我卻有一個延伸的想法與觀點，那就是：歐陽脩也不過就是個「想紅的算計大師」啊！要是他真是個評論家、高道德者，怎麼不用一樣的標準和方式，來批評他當時侍奉的主子宋仁宗呢？他人在宋朝，批評唐朝的皇帝——如此技巧性地批判，不僅沒事，還能因為「批評前朝皇帝的善行」而獲得普羅大眾和讀書人的注意，讓自己聲名鵲起，這難道不是精密計算後的結果嗎？

又或者，你也可以像爆文製造機、教你說出好故事的高手——歐陽立中老師一樣，直接分析歐陽脩的那篇文章，拆解歐陽脩的手法，提出古今通用的「爆文書寫技巧」，不僅能大受網友們的喜愛，還會因此被《商業周刊》網路版轉載，更加提升自己的知名度。若能如此，未來你也能夠在台上綿綿不絕地做出一個又一個的評論，創造出一個又一個的話題！

一開口，全世界都想聽你說 14

抱持著「天生反骨」的心理，針對大家習以為常的論點提出反論，或者沒有人說過的觀點。如此一來，你永遠能鶴立雞群，成為人群中最醒目的人，一開口就擄獲人心！

第15招

有趣的類比，不僅能立即上手，還能讓聽眾一聽就懂！

在台上說話或平時在描述事情時，如果能夠善用比喻的方式，就能讓聽眾更容易理解我們所說的內容，並產生共鳴。而比喻又分為明喻和隱喻，在台上說話的時候，因為時間和場景有限，大部分的專業講者都會盡量使用明喻，讓聽眾能瞬間理解並點頭認同或哄堂大笑；隱喻因為不那麼直接，蘊含「只能意會不好言傳」的巧妙，因此更常在戲劇或電影中呈現，往往能夠讓人在看完之後回味無窮，後勁十足。

我在演說的時候，常會提及自己過去豐富的搭訕經驗，對我後來拓展業務頗有助益，也因此順勢提出了「搭訕促成創業，創業必須搭訕」的口號。

這時，我就會提到幾個自身的經驗。

我創辦的是一家以出版書籍、拍攝影片、操作輿論、執行活動與網站管理等方式來「幫客戶紅」的公司。作為一家新創公司，我認為，不僅私企業的案子要接，公部門的案子更不可錯過。因為私企業雖然很好溝通、講求效率、一切以結果為導向，但卻很有可能拖帳、欠款、惡意扣錢、甚至惡性倒閉，讓你一毛錢都拿不到而白做工；而公部門雖然「侯門深似海」、繁文縟節多、常出現「公務員美學」搗亂，以及長官之間的明爭暗鬥，導致已經成形的規劃必須一改再改。但無論如何，只要你照規矩做事，公部門就一定會準時付款。尤其在較為不景氣的現在，很少有企業願意出一大筆預算，給民間的公關行銷公司做活動。相較之下，公部門因為有固定的預算支出在行銷與公關活動上，現在反而成為各家中小企業想爭取的客戶。

我們公司這幾年在投標、執行政府標案方面，也算是頗有心得。我認為成功拿下政府與民間的業務，和順利跟心儀對象交往這件事，其相似之處多得驚人！

首先，你一定得非常積極地接觸客戶，才有可能會有幾位潛在客戶願意和你坐下來談，而就算你在整個過程中表現得再好，最後也可能只成交一位客戶。這不就像你在想交到女／男朋友的前期，也一定得透過大量且積極地認識，才能在一群女／男孩中，遇到那位還沒結婚、現在沒有對象、並非剛分手而不想立刻進入下一段關係，以及剛好覺得你還可以，願意給你機會的人嗎？你得被拒絕超多次，才能遇到那個願意跟你出來，並且也欣賞你的人，最後才終於能在一起——這不是跟拓展業務、成交客戶超像的嗎？

而其中的許多失敗，真的都是非戰之罪。讓我舉個實際的例子。

某次我看到一個臺北市政府觀光傳播局的案子，目的是用4K攝錄影的設備，來進行世大運賽事的轉播，同時藉此提升市民們對4K的了解，並升級家中的影視設備。我認為這是一件非常有意義的事，於是便開始找合作的廠商和資源，準備大幹一場！

結果一到現場簡報，發現我的對手居然是「華視」！你說，遇到這樣的對手，新創公司有打勝仗的希望嗎？希望當然很渺茫！而站在公務員承辦人的立場，一間公司的資本額、成立時間的長短、過去有無類似實績……往往都比實際企劃書的規劃來得重要，因為承辦人需要評估案子失敗時，對方是否賠得起、廠商的信用如何，以及有無足夠經驗等因素。要是大膽啟用一家新廠商，失敗了，公務員的烏紗帽就不保了！因此，當小蝦米對上大鯨魚，直接被吃掉或被忽視，都是再正常不過的事情。

而這就好像當一個很不錯的男孩，好不容易遇到他想追求的女孩，結果卻發現競爭對手是周杰倫、吳尊或連勝文（他們未婚時）……他們一位才華出眾、一位超級英俊、一位富可敵國，要怎麼比啊！輸給這種對手真的很正常，因此不必氣餒，只要再多去認識其他女孩，還是會遇到剛好身邊沒有更優秀的人追求的女孩，使男孩出線的機率大大提高。就像也不是每個案子，都有知名大企業想要跟你搶一樣，也許有些他們看不上，也許是因為他們的時間資源都另作安排了，最終你都還是會談成你想要做的事，只要你將自己準備好了。

更有趣的是，公部門與私企業的業務做多了，還會發生這樣的事情：你以為自己根本不可能拿到的案子，最後居然讓你成交了！讓我舉個親身的例子。

有一次，我們公司看到一個有關創意競賽的政府標案，因為它的結果可能對民眾的交通安全有極大的正向影響，因此我們的第一個念頭就是：應該要投標！但光是一鼓作氣地奮力向前，很容易落得有勇無謀、死無全屍的下場，因此我們先上網搜尋了過去的記錄。發現過去3年，都是由同一家公司在執行本案。按照邏輯來想，一家公司能連續配合執行3年，想必客戶和廠商之間彼此滿意、關係良好……那麼今年的案子，應該也還是會給前廠商做吧？我們是不是別去當炮灰了？

但，新創公司在草創期，總不斷在面臨「生死存亡之秋」——沒有業務進來，大家就等著喝西北風！我們過去操作過類似的案子，而行銷宣傳又是我們的強項，為了多帶進一些收入，無論如何都應該要拚一下！於是我們努力把案子寫好，盡量規劃得鉅細靡遺，並且特別針對活動宣傳這件事情有所著墨。

結果，在跟3家公司競爭、簡報完後的隔天，我們居然得標了！後來與承辦人詢問之下，才知道原本的廠商，因為去年的宣傳成效不彰，甚至在合作過程中常發生找不到人、叫不動的情形，彼此溝通得不太愉快。因此今年那家公司即使有「老鳥優勢」，也完全佔不到便宜，甚至還已經因為過去不如預期的成果而印象被大打折扣。這時我們這個新團隊的出現，正好符合評審們的期待，於是就順利地得標了！

這不就很像你在看到一位非常優質的男／女孩時，第一個想法必定是「他／她一定有對象了」。的確，他／她有對象，但說不定那個對象表現得很差，不長進、一天到晚只會打電動（還不是電競選手）、不溫柔體貼、甚至會動粗打人……而之所以還沒分手，就是因為更好的你還沒有出現啊！因此，只要是在婚前，我都鼓勵大家用正當的方式，當仁不讓，讓對方做出對他／她自己來說最好的選擇，而不要自己先入為主地抱著失敗主義、打槍自己，連嘗試的勇氣與行動都沒有。而這不是和我們主動出擊，拿下創意競賽的例子十分相似嗎？

每次我用前面這幾個例子，述說拓展業務與追求對象之間的高相似度時，都會引來聽眾熱烈的掌聲與笑聲，這就是一種非常直接的明喻和類比。尤其當聽眾是學生、職場人或還在擇偶期的年齡，特別容易引起共鳴。

你也可以試著將你自己的故事，以明喻與類比的方式，使聽眾一聽就懂、一學就會！讓聽眾越覺得內容與他們切身相關，他們就越容易仔細聆聽，進而採取行動。

一開口，全世界都想聽你說15

明喻使聽眾鼓掌叫好，暗喻讓人回味無窮，運用比喻，讓你的內容發揮極大的影響力！將不同的話題與案例交叉使用，使聽眾產生共鳴，並想立刻採取行動！

第16招

作為一位講者，該使用PPT嗎？該怎麼使用？

需要在台上講話的場合，除了藝人的表演之外，主要還分為3種，分別是演講、授課或簡報。而是否該準備PPT，以及如何準備好看、內容精彩與邏輯兼具，又能輔助講者清楚說明的PPT，也是讓許多人頭疼的問題。

針對初次與你見面的聽眾，對象有可能是你的師長、同學、客戶、老闆、面試官，或是投資人，因為對你和主題都不甚了解，那麼你當然需要將某些資料以PPT的形式，展現給台下的聽眾看。這時，你便應該盡可能地將PPT準備到最好。

而針對未來有志於當講師，或想以名人之姿到各處演講的人——首先，一定要認知到：**PPT是用來輔助講者的**。也就是說，如果你是一位新手，不僅上台的經驗不豐富，對於自己要講的內容也不夠滾瓜爛熟，那麼用PPT來輔助整場演說，便是非常恰當且必要的事。透過PPT，除了可以讓自己按部就班地將準備好的內容有條理、有順序地說出來，還能讓想要抄筆記，以及也許對你的發音咬字無法迅速理解的聽眾（或許你是香港人，母語是粵語，中文發音還不是那麼好），透過PPT上的文字得以心領神會。

但同時，我也要強調，PPT終究只是個輔助的工具。如果你對自己的內容非常熟悉，能夠行雲流水地表達，卻還在台上說著：「我們看下一張」、「再下一張」，如此便是在破壞自己的流暢度、打斷思緒，甚至還有可能扼殺自己突如其來的創意。最糟的是，如此還會帶給某些聽眾強烈的「上課感」，讓一些對於在「課堂」上學習有陰影的聽眾，沒來由地對你所說的內容有了先入為主的反感或疲倦感，使你原本期待達到撼動人心、發揮影響力的效果大打折扣。

一個真正厲害和優秀的講者，是不需要PPT的，就算使用了PPT，也能頭也不回地一邊對聽眾講話，一邊自然地說出與PPT相應的內容，銜接得天衣無縫、流暢無比。

有時候不靠PPT，台下的聽眾反而更能專注地聽講者說話，也更容易被演講內容打動。舉個例子，堀江貴文於2015年在日本近畿大學被盛讚為既精彩又極具啟發性的一場破百萬點閱率的演講（影片網址：https://www.youtube.com/watch?v=2DTyHAHaNMw），其中便完全沒有使用PPT。而因為我是堀江貴文先生好幾本書，包括《多動力就是你的富能力》的讀者與介紹人，深知他的作為就是如他自己在書中所說的，對於演講前提供PPT這件事情，覺得很反感、浪費時間，也因此完全不提供。

不過，如果你也打算不提供PPT，最好確定自己能像堀江貴文那樣，已經有了某種程度的名氣、聲勢和地位。想像一下，如果今天你要邀請張忠謀先生或郭台銘先生前來演講，對方說不準備PPT，你會硬要他們「生出來」嗎？不可能嘛！因為當你足夠強大的時候，某種程度上，這個世界是繞著你轉動的。

但我相信大部分的人，應該都尚未達到那樣的地位與高度，也都像當年的我一樣，迫切地想透過演講，分享更多自己的經驗與故事，因此只要有邀約，無論位置再遠、車馬費再少，也都沒有問題。要PPT？沒問題啊！立刻生給你。尤其我們都知道，許多公家機關、學校和傳統的私人企業，他們在辦活動時需要留下「證據」，才能製作向主管交差的結案報告。因此，為了體貼承辦人，也為了讓你能有更多演講場次的邀約，不妨就準備個PPT吧！

那麼，該如何製作出能讓人耳目一新、為之驚艷的PPT呢？

常有人因為認為PPT就是上台時的提詞機、讀稿機，或是因為怕自己提供的訊息不夠全面，而將所有想得到的資訊都放在PPT上，生怕有所遺漏，使得PPT

上密密麻麻地都是字。為了放下那些字，還必須將字級調小，這麼一來，別說是聽眾了，有時候連講者本身都看不清楚，完全失去PPT存在的意義。

也有些人因為美感較不敏銳，或因為沒見過真正「漂亮」的簡報，而認為「Windows Powerpoint」內附的版型就已經蠻好看的了。殊不知，跟真正好看的PPT相比，內建的版型不只失之毫釐，更是差之千里。

其實，當我在遇到「Power For Point」的共同創辦人兼首席培訓師林大班老師以前，我也以為自己的PPT重點清楚、條理分明，作為一個輔助我的工具已經很OK了。但直到我看過林大班老師的PPT後，才知道——要不就別做PPT，要不就去「Power For Point」上幾堂課，把自己「砍掉重練」，去學習如何設定主題、編排架構、善用圖表、把資料和訊息視覺化與直覺化……尤其字型的選用和色彩的運用，一切都是學問。

但如果你沒辦法報名上課也沒關係，只要你的「模仿」功力夠強，在看過

「Power For Point」的簡報後，盡量做得和他們相似，就可以打趴坊間其他90%的PPT了。不過相信我，有些錢花下去是很值得的，因為等你靠著精彩的PPT與演講，成為眾多企業和政府機關邀約的演講對象時，當時繳交的學習費，真的也只不過是九牛一毛罷了。

或許你在觀察蘋果電腦創辦人史蒂芬．賈伯斯過去在蘋果新品發表會上所使用的PPT後，會認為根本不需要學習做PPT的方式，因為他也不過就是一頁放一行字，或者放照片，再不然就是播個產品影片而已，根本沒有什麼特別好看的字型、顏色對比與圖表啊！

這又要回到我上篇所說的——知道你自己是誰、處在什麼地位，真的非常重要！賈伯斯因為已經是賈伯斯，他想只放一行字或只放一張照片，所有人都會替他解釋「這是極簡風」、「這樣表達好清楚」、「影像勝於言辭」……但換成一般人，恐怕只會被說：「這個講者好混」、「不會做PPT乾脆不要做嘛……這種

PPT有跟沒有一樣！」、「數據呢？理論呢？證據呢？都隨便你說嗎？」……套句常聽到的話：「你是個『咖』時，放個屁都有道理；你不是個『咖』時，再有道理的話都像放屁。」

而我的建議是，最好能向林大班老師那樣的專家學習，把自己的簡報包裝得像「禮物」一般送給聽眾，讓它與你精心準備的內容相輔相成，使聽眾們有所收穫，進而對你的下一場演講產生期待。

但如果因為某種原因而不製作PPT，例如你深知自己完全沒有美感，無論如何都做不出像樣的PPT、自己就是懶惰不想做、實在太忙沒有時間做……那麼，就請確保自己能行雲流水、條理分明、幽默風趣地把自己想傳達的觀念或訊息，以口說的方式與聽眾分享吧！與其搭配一個很醜的PPT，還不如不要PPT，如此或許聽眾還能幻想著：「這位講者搭配PPT的話，說不定會更厲害！」也算是某種技巧性地藏拙。

除了林大班老師的PPT是你可以試著仿效的模範典型外，網路上還有許多相關資源，只要輸入「PPT Template」，就可以看到非常多厲害的PPT概念（網址可參考：https://www.free-powerpoint-templates-design.com/），只要挑選其中適合你的版型，或者可以加以運用的圖表，換上你想闡述的內容，就能產出看起來很厲害、圖文並茂的PPT，讓聽眾忍不住想拿起自己的手機，拍下你精彩漂亮的PPT。（如果想加強一些圖標或示意圖像，也可以前往此網址：https://www.flaticon.com/）

你也能減少PPT文字的冗長說明，並以圖像的方式讓聽眾一目了然。

一開口，全世界都想聽你說16

有PPT總比沒有好，畢竟有了它，你可以備著不用，但沒有的時候，卻不能無中生有。PPT只是輔助工具，不要被它牽著鼻子走，而影響整體的流暢度。

Chapter 3

「走下舞台篇」

The Power of Public Speaking

第17招

別只在舞台上成就自己，卻讓台下聽眾一無所得！

站在台上的講者如果能與聽眾產生互動，便能輕易打造出和樂融融的感覺，並且讓聽眾對於講授的內容，更全面性地了解和吸收。而與聽眾互動的方式，又可以分為以下3種：

第一種方式，是大家最常使用的，也就是講者在講完自己準備的全部內容後，**請現場的聽眾舉手發問，並針對聽眾的疑問加以回答**。但這通常會產生幾種窘境，包括無人提問、講者準備的內容太多以致聽眾的發問時間不足、講者不知道該如何回答聽眾的問題，或有些問題不方便在大庭廣眾之下回答等等。

為了避免這幾種情形發生，你可以這麼做——首先，準備好「槍手」，請他們務必在你演講結束後的時間提問，或是先由你自己擬好幾個問題，並提早抵達現場，跟較早到現場的聽眾搭訕，請他們在結束前提出這幾個問題。相信我，通常被如此請託的聽眾都會很樂意幫忙提問，而你也能藉此營造出自己的演講很受歡迎、聽眾都想提問、彼此互動熱絡的感覺。

這個方法是源自於我博士班的教授，她當時告訴我們，在做論文發表時，往往只有15分鐘的發表時間，以及5分鐘的問答時間。可是短短的15分鐘，實在很難將研究的成果完整地展現，因此可能會發生如「明明只講了3個重點，卻還有2個重點來不及說」的情況。這時，若能善用問答的5分鐘，就能夠將與剩下2個重點有關的問題帶出，而能夠自然地「精準提問」的方式，就是提前請坐在台下的同學，幫你提問出契合重點的問題。如此天衣無縫的巧妙搭配，不但能使你發表的論理完整，還能擁有超群的表現。這項絕招至今我仍受用無窮！

第二種互動方式，是在內容的中間**反問聽眾**——可以在講了幾個重點後，立刻詢問聽眾：「好，聽我說完這個部分，不曉得有沒有問題？」、「你認同嗎？還是不認同呢？請說出你的理由」、「你有沒有自己類似的經驗或例子，能分享一下嗎？」這也是一種不錯的互動方式，如果能夠贈送小禮物更好（例如將自己出版過的書或周邊商品作為聽眾回答後的贈禮），透過被獎勵的感覺，讓聽眾更想與你透過問答進行互動。

用這種方式與聽眾互動還有另一個好處，那就是可以巧妙地「藏拙」。人在台上演講時，難免會發生忘詞或節奏亂掉的窘境，但優秀的講者跟一般人的區別，就在於他們不會讓他們的不知所措被識破，還能修飾得天衣無縫，讓人難以察覺。當他們在台上突然忘詞時，他們會不動聲色地說：「針對剛才的內容，不曉得你是怎麼看的？歡迎說說你的意見與想法！」然後將麥克風遞給台下某位專注聽講的聽眾，並在對方發言時，回想自己原本想講的內容是什麼，最後在等對方說完時，接著說：「非常好！這位朋友的說法，剛好讓我想到另一個重點（或者下一個息息相關的議題），那就是……」這就跟歌手在演唱會，也常在忘詞或高音唱不上去時，將麥克風往前一伸，要大家一起齊唱的道理是一樣的！

第三個與聽眾互動的方式，則是**直接請大家起身**——無論是玩破冰遊戲、做與主題有關的肢體練習，或是直接請幾位聽眾上台發言，都能擺脫聽眾只是坐在台下聆聽的窠臼，進而達到參與式學習的目的。在企業授課時，我尤其喜歡在一開始就讓聽眾們分組，並將講題的內容設計成小組之間的競賽，或是請各組輪流上台發言。這種分組進行的方式，能夠加強聽眾之間的互動，許多的創意與向心力，也會在這個過程中被開發出來，並加以凝聚。

尤其，我近年受邀演講的主題，常與「說話技巧」及「自我激勵」等主題有關。這些主題，若只是讓台下的聽眾們用聽的，而沒有搭配實際操作，聽眾便很容易把當下覺得有趣、被啟發、受感動的內容，在回家後忘得一乾二淨，或是被懶惰與固有的思維綁住，以致無法採取行動。讓聽眾在聽的過程直接行動，才能使他們印象深刻，並且發現自己真的可以做到！那麼在演講結束以後，他們自然也可以持續運用相同的技巧，來精進自己無論在演講或是情緒管理方面的實力。

看完這本書的人，未來都極有可能成為站在台上的講師。有件事請銘記在心：**別只在舞台上成就自己，卻讓台下聽眾一無所得！**

這是每位台上的講者，或是未來有志成為優秀講師的你，都該時時拿來警惕自己的暮鼓晨鐘。

走下舞台，不是結束，而是另一個開始。正因為有另一個開始，我們更應該時時反省自己在台上的表現。是否發揮了平時的水準？是否在互動中啟發出新的內容？是否真的打動聽眾？是否能激勵他們採取行動？……透過這樣的自省，搭配提升修煉，便能越講越好，成為其中的佼佼者。

一開口，全世界都想聽你說17

別只在舞台上成就自己，卻讓台下聽眾一無所得！走下舞台，不是結束，而是另一個開始。正因為有另一個開始，更應該時時反省自己在台上的表現。

第18招

你所有的嘗試和衝撞，都是最好的台上故事。

我們不可能無時無刻都在台上或聽眾前，而在台下的時間，恰恰是豐富台上內容的好機會。許多人都覺得自己一站上台就會腦子一片空白，原本準備好的內容都會瞬間消失……其實只是因為自己沒有好好把握生活中的每分每秒罷了。

在台上要能話題不斷、引人入勝，除了平時要涵養豐富、增廣見聞外，最好還要有精彩有趣的人生經歷。真實的故事不僅最容易打動聽眾，還因為是自己的故事而不容易忘詞或言不由衷，因此我非常鼓勵有志成為「台上A咖」的你，在設定好自己的人生目標後，就用盡各種方式去達成它。即便過程中會遭遇許多挫折或苦難，但它們都將成為你未來在台上的「談資」，成為最好的經驗槽與知識庫，不僅能讓你再三回味，還能激勵他人。

我自己便經常分享以下2個實際的個人經驗。

自從我在2005年出版第一本書以後，作為一位以「搭訕」當作是藍海策略，打算全面推廣「絕對的自信」、「極佳的溝通技巧」、以及「面對挫折的能力」的市場新秀，當然希望能向我心目中崇敬的激勵大師們看齊，去不同的企業、機關與學校演講。而在我積極地毛遂自薦之下，也真的多有斬獲，於是便展開了我多元的演講之旅。

但其中，我最想去的一所學校，就是自己的母校成功高中。比起另一間母校政治大學，我其實更想回到成功高中，因為我常在想，要是在我高中3年之中，能有任何一位學長或前輩在學校的公開演講上告訴我：「不要把聯考的結果當一回事」、「要想辦法吸引自己心儀的異性而非追求」、「遭遇重大挫折時，抱怨是最無效的，最好的解決之道是問自己該如何克服」……我就不必經歷後來的那些辛苦，或繞那麼多的彎路。就算還是會遭遇許多挫折與打擊，但至少也都能不憂不懼、樂觀積極地面對。

於是，我總想找個機會回成功高中演講。某天，我剛好受邀到臺北商業大學演講，回程時路過成功高中，便毅然決然地在警衛室換了證件，直奔輔導室。根據我過去學生時代的印象，請校外人士到校演講的事宜，似乎都是輔導室主辦的。因此我敲了敲輔導室的門，積極地表明自己是校友，非常想回母校演講。

當時輔導室的楊主任（有些忘了主任的姓氏，在此便以楊主任稱呼）本來很高興地與我寒暄，她似乎覺得有學長想回來跟學弟們演講，是蠻好的事。而我為了增加自己的「可信度」（證明自己真的是個已出書的作家），便隨手拿出自己的著作《全民搭訕運動》送給她。我隱約看到她的眉頭一皺，笑笑地收下書，我們便結束了對話。然後……就沒有然後了！後來又過了3年，成功高中都還是沒有邀請我去演講。

我在想，或許當時接下書、看了封面的輔導室主任是心想：全民搭訕運動？這什麼爛書啊！什麼樣的妖魔鬼怪會寫這樣的書？這種人，我怎麼可能請他來成功高中，毒害可愛的學弟們呢？

在2005年，「搭訕」還算是個禁忌的詞彙，我是第一個為「搭訕」正名的人。在我的推廣之下，大家才逐漸不將「搭訕」視為一個負面的詞彙，甚至還因為我的重新定義（搭訕就是愛情與事業上的毛遂自薦）而有了正面的意義。但在2005年，有許多稍有年紀的人，對「搭訕」一詞都會聞之色變（雖然內心也很想這麼做），特別是在學校或政府機關工作較為保守的人員，自然更不可能因此邀請我去演講。

雖然在那3年間，成功高中都沒有邀請我去演講，但積極的我又怎麼可能讓自己因此而閒著呢？在我持續且積極地自我推薦下，我在那幾年內去了北一女、師大附中、臺灣大學、北京大學演講，同時也去了聯發科、趨勢科技、廣達電腦等國際企業授課，相較之下，能不能去成功高中演講，似乎也不再那麼重要了。但我始終認為，能回自己的母校演講是一件好事，而且要是我在折騰這幾年後，終於還是成功受邀了，那這整件事豈不是直接翻轉成最激勵人心的故事嗎？我暗自希望能藉此讓更多人知道：「堅持不放棄，最終就能為你帶來成功！」因此，我仍舊不放棄能到成功高中演講的希望。

某天，我剛好又經過成功高中，當時又經過3年歷練的我，毛遂自薦的功力自然也更上一層樓。這次我在門口換了證後，就直奔校長室！「擒賊先擒王」，只要打動單位中階級最高的，那麼進去該單位演講就是理所當然的事情了。

校長在我表明來意後，高興地握著我的手說：「學長您想回成功高中演講？沒問題！我現在就幫您安排！」

他轉身拿起電話，播了分機後說：「輔導室楊主任，麻煩請您過來校長室一下，有位優秀的演講講者想介紹給您。」

輔導室的楊主任一打開門看見我，空氣瞬間凝結，儘管她表面上不動聲色，但我猜她心裡一定在想：鄭匡宇，我要你死你還不死？居然想跳過我，直接找校長？現在又落到我手上，我是絕不可能讓你來成功高中演講的！

於是，又隔了5年，成功高中還是沒有邀請我去演講！

然而，在2015年的某天，我在坐捷運時接到一通電話，電話中一位態度十分客氣的女士對我說：「請問是鄭老師嗎？您好，我是成功高中圖書室的王主任。我們圖書室進了一本您的大作《我不是教你叛逆，而是要你勇敢》，寫得真好，對高中生們太有幫助了！翻到作者簡介，才發現您也是成功高中畢業的，真是太巧了！不曉得我們有沒有這個榮幸，邀請您來演講？」

於是那一年，我終於大搖大擺地走進成功高中，為學弟們做了一場成功的演講。而那本《我不是教你叛逆，而是要你勇敢》是我在學生雜誌《高校誌》上一整年專欄文章的集結，深入分析高中生最關心的學業、愛情、人際、就業等議題，該書也因此獲選文化部年度青少年優良推薦讀物。

你相信嗎？其實，打從我第一天向成功高中的輔導室主任毛遂自薦時，我就知道自己終將回到成功高中演講，因為……楊主任一定會退休啊！

一件你想做的事情，只要你持續不斷地堅持，便不可能有任何人事物能永遠地阻擋你。尤其當你在這個過程中「持續不斷地猛攻」（歷時8年我都不曾放棄）、「換不同縫隙攻」（從輔導室、校長室到圖書室），以及「提升裝備攻」（兩性的議題不被接受，改談針對高中生的勵志內容，總無法被忽視吧？）那麼就像天底下沒有攻不破的城牆一般，也一定不會有你完成不了的目標！

因為2015年在成功高中的演講很成功，因此我對於圖書室會再次邀請我去演講一事深具信心。我在2018年出了一本叫《男人硬起來》的書，雖然它的書名聽起來很「給力」，有點驚世駭俗，但它的中心思想其實非常明確——很多男人因為沒能正確地看待自己，在長期關係中又因為怕事、想避免爭端而一再軟弱，導致自己的另一半瞧不起自己、失去愛意，關係走向毀滅。《男人硬起來》是一本健康正向的兩性書，旨在協助男人打造更好的兩性關係。

作為作者，當然希望能增加該書的曝光度，於是我又想到成功高中，除了打算請圖書室多進幾本作為館藏外，也希望能受邀去演講，並在演講後讓學弟們購買。於是我聯繫了圖書室的王主任，沒想到王主任說：「喔！學長，謝謝您的來電，不過這學期的規劃好像都已經排滿了，我幫您試試下學期吧⋯⋯」

正當我想結束對話時，王主任又突然補了一句：「對了學長，我們現在正在提報今年度的成功高中傑出校友，我想提名您，可以嗎？我覺得您的故事對於學弟們實在太激勵、太有意義了！」

就這樣，一名想增加書籍曝光度的作者，靠著積極主動的一通電話，又額外獲得2018年成功高中傑出校友的殊榮。那年上台領獎時，我似乎還是所有受獎者中最年輕的呢！**毛遂自薦，「不要臉地多問一句」，真的能為你的人生帶來無限可能！**每次我將這2個真實經驗分享給聽眾後，都獲得了滿堂彩，這就是一個最好的證明——只要你持續為自己的人生進行更多元的嘗試、更大膽的衝撞，就一定能創造出一個又一個精彩且撼動人心的故事，同時讓你的演講內容高潮迭起，讓聽眾們欲罷不能！

所有發生在你身上的事都有其意義，都能由你自己賦予它意義！無論好壞、成功或失敗，都要想盡辦法抽絲剝繭，萃取出背後的意義與勝利的途徑。

想成為「台上A咖」的你，請銘記在心：你越敢嘗試，就越多故事！

一開口，全世界都想聽你說18

你所有的嘗試和衝撞，都是最好的台上故事。
你越敢嘗試，就越多故事！

第19招

所有在你身上發生的事，都是最好的演講素材！

除了多元嘗試、大膽衝撞來創造出屬於自己獨一無二的故事以利台上分享之外，針對「天意安排」與「必然降臨」的一些人生試煉，同樣也能在深思熟慮、消化反芻後，轉化成具有智慧與影響力的箴言。讓我舉個例子。

這幾年我父親的身體狀況很不好。自從他在5年前因為攝護腺肥大而開刀後，身體狀況便每況愈下，除了攝護腺的問題之外，還有水腦和失智的情形。而在他開完攝護腺半年後的某天，我忽然接到電話，說父親昏倒在老家公寓的二樓，並且已經被送到急診室。

我當晚趕到醫院看他。看到當年那個健步如飛，每天逼我和哥哥在早上5點起床爬山，而且還得上山快走、下山快跑，否則就在後面用腳踢我們，彷彿身體是鐵打的、一輩子都不會生病的老爸，傷痕累累又虛弱地躺在病床上，實在於心不忍。

醫生說父親在攝護腺開刀後，復原得不太好，也許是結痂掉在輸尿管中導致堵塞，因此引發了尿道炎。後來又在身體虛弱時感冒，才會突然昏倒。當晚，父親就被轉到病房，準備明日再開一次刀。

當時，醫生又告訴在病房裡的我母親、哥哥與我一個噩耗——經過X光檢查，父親的膀胱積了400多毫升的尿液，再不自己尿出來，就必須插尿管，否則將會有生命危險。我在20歲時，因為盲腸炎併發腹膜炎，動過一場大手術，因此深知插尿管的痛苦。我趕緊跟哥哥扶著父親去廁所，廁所的門沒關好，我在整理床單時，回頭看見父親的背影，忽然百感交集，有道是：「古有朱自清的父親是個胖子蹲身撿橘子，今有鄭匡宇的老爸攝護腺肥大尿不出來。」我不僅悲從中來，還恍然大悟，悟出一個道理，那就是：男人為什麼要結婚！

其實我從小也受父母與社會既定的觀念影響，認為應該要結婚，並且將結婚的年齡設定在35歲左右，打算在自己事業有成、該玩的也玩過後，就準備邁入人生的下一個階段。而當時剛好也遇到一位在各方面都很不錯的女孩，我很喜歡她，於是就結婚了。但說到底，我其實並不了解結婚背後真實的意涵，有時候夫妻吵架或意見不合時，也難免會懷念起單身時自由自在、唯我獨尊的痛快……但就在看到父親水腦又攝護腺受損、尿不出來的那一幕，我終於懂了！

10男9肥大（沒錯，不是別的，就是攝護腺肥大），如果有天我老了又沒結婚，遇到身體的問題時，就只能一個人承擔。雖然也許到時候有錢，但依照少子化的趨勢來看，屆時也不見得有足夠的看護人力。即便有人照顧，也一定不會是自己的親人。在生老病死之時，有親人在側便會覺得自己與世界尚有連結，那麼再大的孤獨和痛苦似乎也都熬得過了！

我常用上述的故事鼓勵25～45歲的男女，如果可以的話，最好還是結婚吧！結婚不是因為父母的逼迫、社會的桎梏，而是與真正心儀的對象，發展出彼此共同的人生方向。而也唯有在你結婚生子後，才能真正體驗人生的各種階段與角色，將各種酸甜苦辣，及只有在伴侶與親子關係間才會嘗到的無奈、擔心、害怕、痛苦、掙扎、快樂、責任……給全部嘗盡，如此也算是不虛此生了！

當然，婚姻中會有許許多多的狗屁事，養小孩也會帶來極大的壓力與煩躁，但在經歷這麼多「苦難」後，如果你曾在過程中盡己所能地善待另一半、教養下一代，那麼在你老了、病了的時候，你的子女就會像我和我哥一樣，再忙碌也會拖著你孱弱的身體，陪你把那400多毫升的尿解出來，並讓你知道——雖然痛苦，但你不孤單！

很可惜地，我的父親當時因為攝護腺肥大的問題，雖然積了400多毫升的尿，在我和哥哥扶著他站在馬桶前15分鐘後，他仍搖搖頭告訴我們他一點尿意也沒有。我們只好扶著他回到病床，親眼看著醫生插進數十公分的尿管協助引流。父親當時的哀嚎聲一直在我腦海中，揮之不去。

因此，趁著自己還年輕、還健康，就應該用盡全力去闖，並創造出自己無限的可能，以及未來能讓自己驕傲的回憶。如果「老、弱、病、殘」會是我們必然得面對的結果，那我們又怎能不在人生的過程中，全力以赴呢？

以上是我將自己親身的經歷與體悟，轉化為演講素材的例子。如此便非常容易引起台下聽眾的共鳴，畢竟，誰不會經歷長輩的老去和生病呢？誰在婚姻中沒有過喜憂、掙扎與無奈呢？每個人的經歷與體悟，都能在抽絲剝繭、去蕪存菁、修飾轉譯後，成為讓人心有戚戚焉的故事，並且讓沒有經驗者預做準備，讓有經驗者大表認同，或是能在聽你描述的過程中達到療傷的效果。這些親身體驗都能使你演講的精彩度大為提升，同時使聽眾回味無窮。

一開口，全世界都想聽你說19

大膽地去體驗人生中的酸甜苦辣！將自己的經歷與體悟化為台上最好、最引人入勝的素材！

第20招

在台上滔滔不絕、游刃有餘的偷吃步！

我在前面的篇章提過，透過大量閱讀，並對其內容進行認同、反對、延伸，或以自身經驗進行比較，可以讓演講內容更加豐富，同時還能隨時依照或長或短、不同的上台時間進行調整。

這是一種能運用在演講與寫作時的「偷吃步」。也許你在看了我介紹的方法後，會按部就班地在讀完一篇文章後進行重點摘要。但在演講中如果只有某文章的重點摘要，會給聽眾一種感覺：「那我聽你講幹嘛？我自己去看文章不就得了？」因此，切記一定要有自己的觀點。

講者的觀點盡量不要只是附和原文作者，而要提出反論和質疑，藉此挑起聽眾的注意。即便你相當認同原文作者的觀點，也要以自己的經驗和故事進行驗證。如此便能使演講產生「活靈活現」的感覺，大大增加演講的精彩度。

我時常受出版社邀請，為他們出版的新書寫序。仔細觀察我寫序的方式，會發現完全就是依循著前述的套路，我會一邊摘錄書中的重點，一邊以自己的經驗或故事來進行比較與驗證，偶爾也會順便推廣一下自己的價值觀，以及我正在販賣的「產品」。

以我為《猶太人的說服術》這本書所寫的推薦文為例：

非常高興看到《猶太人的說服術》這本書的問世。

我因為是專業主持人的關係，常為新創企業的論壇擔任活動主持。在這些活動上，新創公司的負責人或研發長，必須在很短的時間內進行簡報，銷售自己的創業理念、產品服務與商業模式，以贏得台下評審的認同，進而獲得政府或民間企業提供的創業資金與資源。

但很可惜的是，我認為90%的新創企業負責人，都沒有將這個難得的自我推銷與說服潛在投資人的工作做到位。有人說了半天沒切入重點，有人用了太多專業與艱深的詞彙，更有人把一個超棒的創意說得平淡無奇……

這些表現，都是因為他們未曾好好地向猶太人學習說服術。希望有志之士能趕快入手這本書，強化自己的台上說服力！

一翻開這本書，我便立刻折服於猶太人的務實與誠實。作者開宗明義地告訴大家幾個關於銷售的重點，我先在此列舉2個：

①在解答出現之前，先銷售問題。
②掌握人生最重要的3件事，什麼生意都能做。

關於第一點，很多銷售者都覺得自己的產品或服務能解決問題，卻忘了先讓消費者覺得「那是個問題」。我舉個例子。早些年我以「搭訕教主」的名號闖蕩江湖時，就曾大剌剌地告訴所有讀者：「目前坊間的兩性書籍，都在告訴大家如何跟異性相處。問題是許多人，根本連那個異性都沒有啊！讀那些書又有什麼用呢？因此我的《搭訕聖經》就是要教你在一開始的時候，無論何時何地，看到自己心儀的異性便能上前攀談，進而譜出屬於你的戀曲的方法……」

這就是一種銷售問題的方法。讓消費者知道他們所面對的問題，或者強化他們對於問題的危機感，你的服務，便會被他們買單。

而關於人生最重要的3件事，作者柴德博士也挑明了，就是「愛、財富與快樂」。仔細想想，我們人活在這個世界上，不就是在追求這3樣東西嗎？但有趣的是——這3樣東西，學校都不教，你得自己學！若能提供獲得這3樣東西的產品或服務，生意必將源源不絕。你看現在坊間有關財富自由及內心平靜的心靈成長課程賣得風聲水起，就知道此言不假。我所講授的自我激勵課程，同樣也是迎合消費者們的需求，讓他們在面對挫折與失敗的時候，持續砥礪自己、勇往直前，這便是一種幫助他們追求快樂的方式。

因此，如果你也在銷售某項產品或服務，那麼這本《猶太人的說服術》就是你最好的成功指南。我衷心希望閱讀了這本書的你，可以掌握說服的精要，並且透過自身的行動，徹底地改變與提升，讓你的故事也成為說服他人時最好的「社會證據」！

大家應該都看出其中的套路與用法了吧？

另外，我也強烈建議平時在閱讀時，不要只是閱讀，而要嘗試在閱讀後寫出一篇推薦文或評論文。有鑑於現在是「影片吸睛度遠高於文字書寫」的年代，你也能在看完一則新聞報導或時事解析的影片後，運用3～5分鐘的時間，改以口語做出評論。

我建議先用寫的，讀個幾遍，再利用手機或錄影機，將自己所說的錄下來，要是覺得自己講得不錯，也可以放上YouTube平台讓更多人看到。如此一來，說不定你也能在短時間內成為爆紅影片的主角，迎來一個又一個的演講邀約！

一開口，全世界都想聽你說20

要在台上滔滔不絕、游刃有餘，就要每天紮紮實實地努力！

透過手機將自己的表現錄下來，反覆精進，你也有機會成為爆紅的講者！

第21招

承認自己的不足，誠實地面對自己與聽眾。

看完本書前幾個招數的你或許會有種錯覺，認為我只是在提倡一種「裝逼的藝術」——不斷催眠自己是最好的、最棒的，催眠自己在台上不會出糗，任何事都能否極泰來，安全過關。

但事實並不是這樣的！一個真正的優秀講者，必定是個極為謙虛的人，因為多次的演講經驗會讓他知道，演講是一個教學相長的過程，「說得越多，便能學得越多」，聽眾的反饋，往往是能將演講技巧臻於化境的絕佳機會。

我在演講時，也曾遭遇不熟悉的議題，或不熱情甚至充滿敵意的聽眾，而這些經驗，同時也是最能使我進步的試煉。在面對類似的情形時，承認自己的不足，誠實地面對自己和聽眾，便是當下最好的態度與方法。

舉例來說，我曾受邀向一群平均年齡為60歲的聽眾們，進行一場兩性溝通議題的演講，簡直是不自量力，班門弄斧。但我靈機一動，一開始便在台上承認自己的不足，說自己的年齡和背景要和在座的長輩們談此議題，實在是野人獻曝。隨後更臨時更改議題，改談自己如何將兩性話題當作藍海策略，行銷、激勵自我。如此承認不足和轉化話題的舉動，不僅能立刻取得聽眾們的諒解，同時也不失與原本主題的關聯性與連續性，絕對是當下最好、最聰明的作為。

這樣謙虛的方法早有先例，而主角不是別人，正是靠著書籍和課程影響好幾個世代的知名作家、演講家卡內基。他的不朽名作《卡內基．演講與口才》幫助成千上萬不敢在人前開口演講的人，其中也包括知名的投資大師巴菲特。據說卡內基剛出書時，便被學院派和保守派人士大力抨擊，認為他根本沒有資格寫關於演講技巧的書籍，而且書中的內容，也僅是拾前人牙慧，了無新意的內容罷了，不配成為洛陽紙貴的暢銷書，受世人稱讚。守舊派人士甚至邀請他去學會演講，並等著要在他講完後挖苦、抨擊他。

遭受排山倒海的攻擊的卡內基，在現場是這樣回應的：「的確，我的書籍裡沒有什麼創見，因為我所有的知識，都是從上帝、先賢及智者們的書籍中學來的。那些千錘百煉的知識，必須不斷地被提醒、被重複、被練習，才能化作每個人自身乃至社會更好的動力。我的書，不過是將那些知識和技巧，不厭其煩地宣傳推廣出去，再結合自身的經驗做更平易近人的說服罷了。各位的指控我一概承認，因為我也只是將前人的知識傳承下去而已，難道有人認為他們說的東西是錯誤又毫無道理的嗎？」

據說卡內基當時謙虛的回答，贏得了現場的滿堂彩。這種承認自身不足的做法，最能將別人的攻擊化為無形，並同時巧妙地墊高自己，最後也會獲得他人的敬重，認為你是一位宏觀大氣、謙虛有禮又飽讀詩書的人，比任何反擊都有效。

我也曾有過一場難忘的演講經驗，而該場演講也是迄今最使我印象深刻、獲益良多的一場演講。早年我以「搭訕教主」的名號出道，由於搭訕這個話題十分吸引人，而我的內容又很積極、正派，因此吸引不少大專院校及企業團體邀請我去演講。主題不外乎是如何搭訕並認識異性，或是以搭訕當作毛遂自薦的手段來積極地行銷自我，強化面試技巧，以及增進情緒管理等議題。

但無論這些演講是在公司或學校，其實都有一個先天的優勢，那就是前來的都是自動自發、對我的議題感興趣，甚至對我個人有點崇拜與憧憬的聽眾。面對這樣的聽眾，我自然能在演講成功時獲得如雷的掌聲，而儘管我表現失常，聽眾也大多有基本的禮貌，不會有對我發出噓聲、叫囂或直接在現場睡覺等情況發生。在那樣的場合裡，我的演講技巧如何，其實並不是那麼重要，而且也無論如何都會得到掌聲，只不過無法確定那些掌聲裡有多少是真心真意，又有多少是虛情假意罷了。直到我有次被類似中途之家的社工團體邀請，去向他們所扶助輔導的孩子們演講時，我才知道自己真正的不足和能耐，也發現以前覺得自己是演講界「不可多得的奇才」的想法有多麼愚蠢，根本只是井底之蛙的囂張嚎叫罷了。

該機構裡所收容的孩子，大多是行為極度偏差、學業跟不上、成天鬧事打架，以致學校不願意收的國中生們。我受邀前去演講的主題則是我最擅長的《你就是自己的激勵達人》，講述我一路走來所遭遇的求學、工作及情感逆境、解決之道，及持續激勵自己的方法。這個講題，每每都在大專院校和企業團體間受到極大的回響與好評。

然而，作為一位就讀明星高中（成功高中），又進入一流學府（政治大學），最後還拿到公費留美獎學金出國取得博士學位的講者，他的故事如何能讓一群父母離異、被父親或母親拋棄、隔代教養有嚴重代溝、學業成績低落被老師同學社會瞧不起，又或者因為從沒獲得認同而曾加入不良幫派的孩子獲得共鳴、產生興趣？

因此那場演講，底下的同學們都在聊天或睡覺，他們連正眼都懶得瞧我一眼，該場演講成為我的演講經歷中最難熬的一場。席間有某些同學，雖然看起來對我的內容很感興趣，但礙於同儕之間的壓力，而不敢表現得太認真（否則會被旁邊的同學排擠，罵他裝什麼認真），只好偷偷地給我幾個肯定的眼神，但同時也還是會不斷配合其他同學製造騷動，打斷我的演講。

要將那場演講持續下去，實在不是一件簡單的事情，但多虧我平時的訓練有素，才能在屢屢被打斷後回到正題，或是乾脆直接順著他們打斷我的臨時發言，把內容轉到跟那個臨時發言相關的話題，我只能在「裝瘋賣傻、自娛自樂」之下，勉強維持住他們的興趣。連我平時最擅長的互動演講法，都發揮不了一點作用，因為被問到的同學不是把頭撇開不回答，就是丟下一句「不知道」，然後繼續跟旁邊的同學聊天。

面對這種情況，某些沉不住氣，或者情緒控管不良的講者，可能會大發脾氣、拂袖而去，因為他們覺得自己德高望重，聽眾的這種表現是對他們極度的不尊重。但我一直覺得，尊重是要靠自己贏來的，不認識我們的人，沒有任何義務在一開始見到我們時便給我們尊重。若今天演講的是周杰倫或林志玲這樣的大明星，這些孩子會不聽他們說話嗎?當然會專心聽啊!因此，我認為孩子不專心聽，是我的問題，不是他們的問題。

雖然這些孩子自身的確也存有一些問題，但那些問題大部分都並非先天不足，而是後天失調。他們也許因為原生家庭不健全，沒能給他們足夠的照顧和關愛，在校成績跟不上時又被貼上不好好用功讀書，甚至是壞孩子的標籤……平時看盡別人眼色的人，要如何用平等尊重的眼光來看待他人呢?對他們來說，能保護自己不再受到傷害的方式，就是先去傷害、忽視別人!

於是我在演講到一半的時候，語重心長地告訴在座的所有同學：「我知道你們許多人其實很想聽講，但又礙於2個理由不能好好聽，一方面大概是你們長期以來對老師這個角色，有了先入為主的痛恨，所以對我們這種在台上說話的人不想回以什麼好臉色，更不想仔細聽我們說話；另一方面也可能是因為其他同學都表現出叛逆的樣子，如果自己專心聽講，便可能成為群體中的叛徒，說不定日後還會被同儕排擠！但你們知道嗎？對我來說，我只是希望跟你們分享一些我的故事，如果其中的某些觀念、想法和作為，能在你們日後的生活中扮演一些正面的角色，給予一些積極的影響。就算大部分的人都沒有在聽我說，但只要有一個人聽進去，我也覺得很足夠了！即使你覺得整場都是廢話，但只要有一句話對你的將來有幫助，就很值得了。」

看著幾位同學的表情有軟化的跡象，我便接著說：「你們過去在跟人起衝突時，或許都想用暴力來解決，因為在面對一個不想再看到、厭惡的人時，就會想用武力來讓對方消失。但在一個有法律的社會，那些行為會斷送自己美好的自由與前途，為了一個不值得的人毀掉自己，是否有些得不償失？當你討厭一個人，想要報復一個人的時候，最好的方法不是暴力相向，而是過得比對方好很多，那才是最好的報復。等你將自己過好之後，原本在意的那些事情，就都不再那麼重要了。你的人生是你自己的，沒有哪個人或哪件事值得你斷送你的人生……」

我的那幾句話似乎暫時發揮了效果，亂吵亂鬧的聲音頓時小聲了下來。不過冰凍三尺，非一日之寒，安靜一陣子後，他們又開始鬧哄哄了起來。

結束演講後，我在走回家的路上，突然被一個方才聽講的孩子從背後叫住，他說：「老師，謝謝你今天來，你講的其實我都有聽進去，但就像你說的，我不敢為你鼓掌，因為怕其他同學會笑我或罵我。但我真的很感謝你，你讓我知道以後在遇到想扁人的情況時，該如何管理自己的憤怒。」（他曾經混過幫派，幫忙收保護費。）

整場演講的疲累，在我聽到那位同學的感謝話語後，立刻消失得無影無蹤，也讓我更加確信自己的分享和努力，永遠不會白費。無論聽眾的反應再冷漠，其中一定會有被你打動的人，也一定會有人把你分享的經驗聽進去，化作自己未來行動和思考的依據。我想，這便是作為一名講者最大的安慰吧！

那天之後，我便不斷告訴自己，儘管邁向超級演說家的道路還很漫長，也必須常保虛心，不斷透過實戰來精進自己的技巧，如此才能接觸到更多聽眾的內心深處，真正打動他們。希望我這樣不斷謙虛反省、修正提升的過程，也能幫助你跳脫自己的既定框架，成功地打動聽眾，讓他們跟著我們一起成長。

一開口，全世界都想聽你說21

將無法及時應變的場合或經驗牢記在心，持續精進並提升反應力。
不要追求自己的內容能被所有聽眾喜歡或接受，
只要能成功打動一個人，就算是一種成功。

第22招

源源不絕的故事寶藏庫，從來就不必捨近求遠！

儘管我曾分別以親人生病的故事、自己衝撞硬闖的經驗，以及明喻類比的方式，證明我們每個人的故事都極其重要，可以成為台上的素材，但你可能還是會問：「匡宇老師，我的故事、我的體悟，真的有意義嗎？真的有人買單，想要聽我說嗎？」

我以自己的經驗鄭重地告訴你：「真的有！況且，身為一名台上的講者，不就是要試圖說服他人，讓別人覺得我們說的內容很有意義嗎？」而在說服他人之前，又回到我在這本書中一開始所提到的，我們最該說服的就是自己！

同時我們也一定要認清——有意義與否，全都取決於自己！當你覺得有意義，一切就有意義；當你覺得沒意義，一切就變得沒有意義了。

於是我們必須無條件地相信自己分享的內容是有意義的！這有點像是宗教，一切的一切，都要在「先相信」之後，才能使後面的討論與延伸有其意義。

你或許會說：「但即使我們覺得有意義，還是會有人覺得沒有意義啊！」

有這樣的認知就對了！

作為台上的講者，要做的事情就是要先認定自己分享的內容有意義，然後再盡己所能地去影響更多人，讓他們也覺得有意義。那些認定我們說的內容沒意義的人，也許剛開始會覺得沒意義，但久了也會漸漸感覺有意義；而更常發生的情形是，有些人從頭到尾都沒辦法被你說服。這時，你該做的不是死纏爛打地非要對方接受你的觀點和論述，而是把時間與精力花在吸引和說服其他人身上。當大多數人都接受你的觀點、被你說服時，你還需要理會少數人的酸言酸語嗎？

其實，許多覺得你說的話沒有意義、不被你說服的人，不是因為你說的沒有道理，而是——他們不喜歡你！又或者，在還沒有聽你說之前，他們就已經有了偏見，並且打算讓偏見矇住他們的眼睛，摀住他們的耳朵。因此，針對因為不喜歡你而不想聽你說任何話，甚至還曲解、栽贓你的情形，我有一個實際的例子可以跟你分享。

我曾經出版過一本叫《我不是教你叛逆，而是要你勇敢》的書。而你如果上博客來網路書店，便會在這本書的底下看見一些人所留下的正向評價，然而，也有人的評論是這樣的：

「不小心在朋友家翻到這本書，說實在他的書我之前有看過《正妹心理學》，這本書的內容不脫離為自己做造神運動，內容也都跟《不要臉，不怕死，這世界就是我的》差不多，用差不多的東西改一改再寫一本書，只顯示了作者黔驢技窮、了無新意。看作者寫了一堆書，出版社也一間一間換，只能合理推論他的書沒有出版社有興趣幫他出，這本更誇張，出版社名是『平裝本』，恐怕是作者自掏腰包印刷的，想買這本書的請多考慮，不要破壞森林資源、浪費紙張。」

——佚名

就這位讀者「佚名」的評論來看，對方應該至少看了我的3本書，分別是《正妹心理學》、《不要臉，不怕死，這世界就是我的》，以及《我不是教你叛逆，而是要你勇敢》。也許他還看過更多本，否則不會說出「看作者寫了一堆書，出版社也一間一間換，只能合理推論他的書沒有出版社有興趣幫他出」這樣的評論。

而他最有力的評論，應該是這句：「這本更誇張，出版社名是『平裝本』，恐怕是作者自己掏腰包印刷的，想買這本書的請多考慮，不要破壞森林資源、浪費紙張。」

如果看到這裡的你有實事求是的精神，一定會到博客來的該頁面瀏覽，探究他所說的最後這句是不是事實。但不探究還好，一實際搜尋後你就會發現：「真的！他沒有騙人！出版社的名字，的確不是任何一家出版社，而是『平裝本』3個字啊！」接著心想：「沒錯，鄭匡宇應該沒有出版社要幫他出書……」可是，如果你真的把實事求是的精神發揮到底，購書入手，就會在書籍最後一頁的版權頁中發現，《我不是教你叛逆，而是要你勇敢》不僅有出版社，而且還是鼎鼎大名的「皇冠出版社」！「平裝本」是皇冠出版集團旗下、主打年輕人族群的一個品牌。

而我在想，說不定「佚名」當時也翻了書，只是「刻意」不去翻看最後版權頁的資料，並在網路上看到博客來登錄「錯誤」時，見獵心喜地抓住這個機會，想要使「鄭匡宇的書賣得不好」、「沒有出版社想出版，所以他自己掏錢出」這些錯誤的想法廣為周知。

我想藉此與你探討，許多批評者和謾罵者的態度——他們其實根本不在乎「真正的事實」，而只想接受「他們希望看到的事實」，或者「片面但足以達到攻擊你目的的事實」。這時，被批評和攻擊的你，一定要了解他們的這點特性，並且加以應對。

有些人以為旁觀者清，或事實勝於雄辯，所以會決定不予理睬。但其實不然，很多旁觀者因為已經有了既定的立場，因此「清」不起來；而錯誤的事實，也能在包裝或者斷章取義下顯得如此真實，這個例子便是最好的證明。

就我而言，要批評我的書沒有內容、文筆很糟，我都會完全尊重。因為他們有權表達自己的看法，但明明有出版社出版我的書，卻被硬拗成是我自費出版……這種與事實大相徑庭的評論，就一定要加以澄清。

在這種情況中爭論「誰對誰錯」，其實沒有意義，因為當對方心中「不喜歡你」時，你的一舉一動都會被他們負面地解讀。而既然你的一舉一動都會被曲解，還不如持續堅持自己的道路，堅定地繼續做自己想做的事。

「他沒有錯，只是不喜歡你」——了解這點之後，下次當你遭遇不實的批評或謾罵時，也就能夠釋然地以類似的心態面對，化負面為正面！

其實，這位「佚名」在某種程度上是位「先知」，因為雖然他在2015年說沒有出版社要出我的書這件事是錯的，但到了2018年和2019年，我還真的自費出版了《男人硬起來》！不過我自費出版的目的，是想以這個經驗為基礎，在未來幫助更多作家們「自費出版」，讓他們在有限的預算，及我和我團隊的協助下，依然能出書、賣座，並成為品牌！而大家實際看看我們所出版過的書籍，都還真的是榜上有名的暢銷書呢！也因為有這樣自己出版的經驗，我們後來在執行某些政府標案時，對於書籍出版或手冊編印的項目也都相當得心應手！

我常用以上的例子說明，為何所有發生在你身上的事情都是有意義的，且都可以在消化吸收、深入分析後，成為演講的素材。或許有些人會覺得「佚名」真慘，只不過在2015年時批評了我幾句，隔了5年卻依然被我「追殺」，還成為寫作與演講的素材，間接為我賺進錢財，真是「是可忍，孰不可忍啊！」

但其實像「佚名」先生這樣的酸言酸語，我真的一點也不在乎，之所以提到他的例子，是出於2個原因：

①我想再次強調這個觀念——當一個人不喜歡你時，你說的內容再有意義，對對方來說也都只是屁，因此，請你不必太過在乎那些人。

②酸言酸語沒有意義，只是單純的負面存在，未來若遭遇類似的情形時，希望你也能將負面的能量轉為正面的能量，讓批評和謾罵成為對自己有利的素材，持續發揮正能量。

如你所見，我不僅運用自己的經驗和遭遇，拓展演講時能分享的話題，同時也彷彿從訓練演講技巧的達人，搖身一變成了情緒管理的大師。如果你也堅信發生在自己身上的事情，只要你覺得有意義，它們就擁有意義，你便同樣能發展出源源不絕的話題，並且個個都能讓人感同身受，心有戚戚焉。

好的演講素材，從來都不假外求。你本身就是一個源源不絕的故事寶藏庫，千萬別捨近求遠啊！

一開口，全世界都想聽你說22

有人喜歡你的言論，就一定有人不喜歡你的言論。針對不喜歡你言論的人，如果對方只是眼紅，大可不必理會，但如果對方真的有可參考的建議，不妨納為己用，使自己更上一層樓！

第23招

抬高他人，就是抬高自己！

在這本書中，我曾提到一個名字：歐陽立中。這位暢銷書作者，除了是我在作家界的後輩外，其實還是晚我幾年於成功高中畢業的學弟呢！而我也被他每天都在自媒體上發表一篇文章的這個舉動激勵，因而決定在最短時間內將這本書書寫完成並出版。

我有次參加歐陽立中老師在師範大學舉辦的「故事學：學校沒教，你也要會的表達力」課程與新書分享會。而在那之前，我也曾和他做過一場直播。

我常會不定期在自己的YouTube頻道上，邀請我覺得有特色、能讓大家感到好奇的人物，來上我的《好奇人物》直播節目。（其實這個節目是因為沒有人找我當電視台主持人，而我又執著於成為一流主持人，於是決定「自己幹！」才誕生的。）當時我在網路上讀了歐陽立中老師的文章，非常喜歡，而過去我也曾在臺北國際書展上見識過他《飄移的起跑線》作品的暢銷度，於是便邀請他來上我的節目《好奇人物》。他二話不說就答應了，也因此促成了我倆同台的機會。

（影片網址：https://www.youtube.com/watch?v=1WJHiWGZS5o&t=3s）

而在知道他開設的課程後，我便決定前去支持他，同時向他學習演講與說故事的技巧。不過，因為我看過太多厲害的講者了，因此無論是他故事鋪陳的方式、幽默自嘲的邏輯、感人肺腑的影片分享……對我來說都不算太驚喜。該場3小時的演講很精彩，但我發現歐陽立中老師作為一位講者最厲害的地方其實是在於：抬高他人！

他的演講現場來了許多過去曾上過他課的學生、素未謀面的網友，以及他因為工作或生活有交集的朋友……而他幾乎都記得他們的名字，也都能簡單描述他們認識的過程，並強調那位友人現在正在做「特別有意義的事情」，每個人都被他描述成勇於築夢的「漢子」或「女俠」，讓其他人對他們感到既好奇又驚艷。當然，他在現場也提到了我，並告訴所有現場的老師或企業教育訓練負責人，可以找我去開設激勵主題的課程。

這就是我認為歐陽立中老師作為一位講者和作家，最厲害的地方！

你可以想像，如果自己身為被他提及的其中一位朋友或網友，難道不會因此受寵若驚嗎？而當他把你如此漂亮且慎重地介紹出場，又在眾目睽睽之下加以讚美，你難道不會在享受目光與掌聲之餘，心中對他又多一份好感嗎？難道不會更想向別人推薦他的課程、他的著作嗎？

歐陽立中老師在大庭廣眾之下讚美、誇獎別人的舉動，不僅不會使自己被比下去，更會在所有聽眾心中留下「這個講者又禮貌又大氣」的形象，也因此對他更加喜歡與支持，這完全是只會加分而不會扣分的舉動啊！

因此我強烈建議想要成為「台上A咖」的你，**在寫作或公開發言時，不吝於強調或稱讚會幫助或影響你的人，讓這種抬高他人的舉動，內化成為習慣**。那麼，在你未來有所作為時，所有曾經被你公開感謝與稱讚的人，也都會義無反顧地出現、幫你壯大聲勢。

以我自己為例，歐陽立中老師因為在本書中「正面地」被點名，於是這本書自然也會特別受他關注。他過去曾經轉載一篇我的文章並發表評論，而因為他的轉載，許多他的粉絲，特別是擔任老師或講師的粉絲竟特別私訊我，表達對我論點的贊同，甚至與我成為朋友，更計劃建議他們服務的單位邀請我去演講授課。這不就是「抬高他人，同時抬高自己」最好的一個例證嗎？

如果你仔細觀察歐陽立中老師最近發表的每一篇文章，便不難查覺他會細數與每位上過他「爆文寫作課」學生認識的經過、每位學生的特性、上課之後的蛻變……最重要的是，他會點出每位學生們的夢想，將帶給這個社會的正面影響。也因此，幾乎每位學生都會自發性地撰文，推薦歐陽立中老師定期開辦的「爆文寫作課」。這也是另一個「抬高他人，同時抬高自己」的證明。

在這個人人都能發表評論，但酸民文化氾濫的年代，儘管有許多人以在網路上造謠生事、斷章取義、尖酸刻薄為樂，但我仍希望你可以在讚美他人的時候刻意指名道姓，批評他人的時候將其隱姓埋名。

如此，你就能像歐陽立中老師與我一樣，擁有一群優秀又正向的網友，彼此砥礪出撼動人心的正向力量，並透過演講與寫作被更多人看到。

一開口，全世界都想聽你說23

在舞台上抬高他人，就是同時抬高自己！
在讚美他人的時候刻意指名道姓，批評他人的時候將其隱姓埋名。

第24招

用自己的身體使自己鬥志高昂！

雖然我這些年常受邀去大學演講，但我發現比起學生，最需要被激勵的反而是老師！我常在演講時為那些擁有滿腔教學熱忱，卻在每次與學生互動時，換來空洞的眼神、睡覺的打呼聲，以及低頭滑手機、頭也不抬等冷漠回應的老師們感到心疼且同理，完全可以想像這些反應所帶來的心灰意冷。

雖然自己已經知道該如何轉換心態，也知道該如何運用這些反應來訓練自己的情緒管理、耐挫能力與自娛自樂的能力，但挫折感與被忽視感，有時也還是揮之不去。我自己也曾遇到毫無反應的聽眾，儘管那場演講只有2小時，卻比我講一整天，且互動頻繁、台下笑聲不斷的演講要累多了！遇到那種不鳥你、不把你當回事的聽眾們，真的會讓講者精疲力竭，甚至有萬念俱灰之感。

這種時候可以善用以下3種方式，適當地轉化自己的心態與心情：

①當成是最好的練功機會——能遇到欣賞你、專心聽講、樂意與你互動的聽眾，就當作是自己運氣好。俗話說：「人生不如意，十之八九。」演講也是一樣，當你無法透過自己的名氣與價格挑選出優質的聽眾時，遇到對你不理不睬的聽眾，也是一件非常正常的事。

這時，有個心態非常重要，那就是：「聽眾可以不鳥我，但我不能不鳥我自己！」作為一位專業的講者，就算沒人在聽我說話，也要對自己負責任！而我對自己負責任的方式，就是不因台下聽眾的態度或反應，而使演講內容大打折扣。抱持著這種心態且付諸實踐的人，便能在一次又一次的訓練之下，使自己的實力堅強。未來無論遇到任何情形，也都能保持高超的水準，這便是每位優秀講者都該建立的基本素質。（但如果你講了20場，台下聽眾都仍是這樣的回應，那麼也許你的演講真的有些問題。請直接與我聯繫，我可以協助你調整。）

②不要因為「某些」聽眾，而輕易貶低自己的價值——「再厲害的戰士，沒有戰場也無用武之地。」一位優秀的講者也一樣，經常面對一群沒有學習意願的學生，或是一群根本不想聽，只是被逼來的聽眾，那麼無論他的演講功力再超群，內容再豐富，或是甚至刻意去學了「翻轉教學」技巧……聽眾不搭理就是不搭理。這種無奈感，想必許多大學和國高中的老師一定都有過。

這時，絕對不要因為某群學生、某些聽眾的不搭理，而開始自我懷疑或自我打擊，不妨試著將自己的教學或表演錄製成影片，並放在YouTube平台上面。當你發現自己的表達方法和內容，能在網路上引起部分民眾的關注，或甚至還有偏鄉的孩子特別留言感謝你的教學，成功讓他搞懂了一題數學、多了解一段歷史……你就會找回自己作為講者和老師的價值，並且更積極地產出影片，讓懂得欣賞你的聽眾得以學習成長。

儘管你身處的環境無法提供你應有的成就感，你也可以在另一個地方尋求認同。甚至也可能因為你在網路上的無私分享，而為自己開創更多的聽眾或更大的舞台，這些都是曾經發生在現實生活中的真實案例，相信你一定也能做到。

③善用NLP（神經語言學）的心錨技巧，讓自己隨時處於最佳狀態——神經語言學的理論，幾乎被所有的激勵與演講大師使用於他們的教學。而其中

的心錨指的是透過某些「東西」，例如文字、聲音、影像、音樂等，以調整我們的情緒，使其從低潮回到正常，甚至是亢奮。你是否曾在讀完某段文字、聽完某段旋律、看完某張照片後，瞬間感覺自己的情緒「進入振奮的狀態」呢？例如：看歐陽立中老師與我的文字覺得受鼓舞、聽到洛基的音樂覺得自己絕不能被打倒、看到自己孩子的照片覺得職場上受的苦都不算什麼，自己一定要繼續撐下去……這些都是所謂的心錨。

人的身體姿態，也可以是最好的心錨。當你在受挫、沮喪時，可以深呼吸一口氣，直視前方並露出微笑，或是快走、健身、跑步、游泳……這些行為都會讓你的情緒「無法繼續低落」。而且說也奇怪，當你的身體動起來後，腦子彷彿也會跟著動起來，開始思考著事情的解決之道，以及取得資源的方法……

因此，當你完成一場自己覺得表現極佳，但聽眾卻把你當空氣的演講後，儘管身心俱疲、萬念俱灰，你也一定要抬頭挺胸，昂首闊步，用如英雄般的眼神直視前方並心滿意足地離開，思索自己從這次的經驗中學到了什麼，思索自己如何藉由這次演講延伸出更多的演講，甚至將其轉化成你未來書寫或演講時的素材……如此一來，你永遠都能將負面的事情，轉為正向的產出。

我們沒有時間一直讓自己沈浸於挫折、打擊與負面情緒中，請一定要把挫折與打擊轉化為自己的養分，成為站上下一個舞台、具有強大影響力的墊腳石！

一開口，全世界都想聽你說24

心理狀態可以影響身體狀態，身體自然也可以反過來影響心理。人的身體姿態，也是最好的心錨——時時保持充沛的精力與飽滿的精神吧！

Chapter 4

成為專業講者篇

The Power of Public Speaking

第25招

任何人都能立刻上手的舞台自造術！

讀到這裡的你，可能也會希望自己在未來成為某個領域的專業講師，或企業及學校爭相邀請的講者。在本章中，我不僅會教大家如何具備「台上A咖」的能力，同時也會告訴你如何巧妙提升自己的知名度與被邀請的機會！而我真心認為，要成為「台上A咖」的第一步，就是**要懂得製造舞台（自造舞台）！**

我們可以選擇各種方式來訓練自己的演講能力，譬如在無人處大聲練習、自己對著鏡子反覆練習，或是站上一個肥皂箱或椅子，假裝自己站上真正的舞台來練習……但是，再怎麼「接近真實」的演講場景，也都比不上「真正的」演講場景。真正的演講場景能帶給你極度的恐懼、壓迫和緊張感。唯有不斷讓自己去面臨那樣的恐懼、壓迫與緊張，才有可能讓自己的實力更上一層樓——「假的練十遍，都不如真的來一遍」就是這個道理。因此，我們一定要不斷透過真正的舞台，來提升自己在台上的真功夫。

但真正的舞台該如何建立和找尋呢？當我們還不是什麼「咖」時，誰會主動邀請我們演講，讓我們有真正在實戰中精進的機會呢？

的確，當我們什麼都不是時，是不會有人主動邀請我們的，因此我們必須靠自己主動開創機會。等我們為自己開創3～5個實戰的舞台後，其他機會就會漸漸開始主動找上我們了。那麼，最一開始的那幾次實戰舞台，又該從何而來呢？

我一定要再次強調，在一開始的時候，「毛遂自薦」永遠是最好的方法。

不過，毛遂自薦也是有方法的。建議你，可以先從自己的「母校」開始，雖然我當年想回我的母校成功高中演講的路，一走就走了8年，但我相信沒有出過「搭訕書」的你，應該不會像我那樣坎坷。你可以直接聯繫自己過去就讀過的國小、國中、高中或大專院校，聯絡學校中的輔導室、學務處、系辦公室，甚至是校長室等等，讓他們知道你是哪一年畢業的學生、目前正在做什麼事情，以及最想和學弟妹們分享的經驗和體悟。

其實我在2005年結束美國留學，回到臺灣後的第一場大型演說，其對象就是我的母校石牌國中的500多位學弟妹！而我當時的主題，也正是國中生們最關心的話題，包括升學方向、同儕關係、父母溝通、愛情交友等等。當你向母校表明來意，並清楚地提出自己會與學弟妹們分享他們最關心，也最迫切需要的知識和經驗時，被母校接受的機會就大大提高了。

而除了自己的母校之外，自己居住的社區、學生時期參加過的校內社團，都算是所謂的「軟柿子」選擇——他們是最不會拒絕你的一群人，所以先從對他們演講開始是最好的。

另外也可以考慮前往一些民間私人組織團體如扶輪社、獅子會、Toastmasters（國際演講協會）等，因為在這些團體裡的人都抱持著相同的目標與興趣，因此也會對邀你演講這件事，抱持著肯定與鼓勵的態度。而當你對這些團體演講過幾次，並獲得正向回饋以及實戰練習後，你在台上的演講功力自然便能突飛猛進，往自己希望的成長目標邁進。

另一種能攻城略地、讓演講對象快速增長、無往不利的關鍵，就是：善加修飾、勇敢行銷，以及「誘敵上鉤」。這是什麼意思呢？

比如說，當年我在石牌國中演講完後，並非傻傻地幻想：「馬上就會有其他單位找我演講了！」而是在演講的當下，商請很會拍照的朋友或專業攝影師，為我拍下值得紀念的畫面——在我擺出一些看起來很大氣、很有魄力的姿勢時，以及在詢問聽眾問題、互動感良好時，攝影師便會為我捕捉下我生動的肢體語言。結束該場演講後，我會再將這些照片，搭配我跟專家學過的PPT技巧，將自己包裝成一項厲害的產品，寄給鄰近的明德國中、天母國中和蘭雅國中等。除了藉此向他們表明我想去他們學校演講的意願，同時也讓他們知道——我是一位已受邀去石牌國中演講過的講者，實力是被認證過的，絕對可以為同學們帶來收穫。

基於人性的「從眾」傾向——「那個單位邀請過他了，那我們也應該邀請他」這樣的想法，就這樣一傳十，十傳百，很快地就能受邀至同一區其他的學校演講，接著也可以運用類似的模式，再去征服別的行政區中的學校。

另外一個更有效的方法，就是毛遂自薦去類似教師研習營、校長研習營等研習營演講，由於前來聽講的都是一些具有講者邀約決定權的關鍵性人物，因此只要你把握機會，講得夠好，那麼未來的邀約便會如雪片般飛來。但千萬別在實力尚未到達一定程度時嘗試這個方式，若是不甚表現失常，同樣也會一傳十，十傳百，讓所有擁有決定權的人對你搖頭嘆息，避「你」唯恐不及。

不知道你是否注意到——在推廣自己成為講者時，除了「挑軟柿子吃」之外，為什麼還要用拍照記錄的方式，將照片寄給下一個可能邀約自己的單位，而非選擇用錄影的方式寄出影片呢？

因為當你還是一位台上的菜鳥時，難免會忘詞、聲音不穩、肢體顫抖等，而這些弱點都無法被照片完整記錄！照片中的你只會有看起來很有氣勢的手勢，而不會有肢體顫抖的感覺。透過這樣的掩飾法，便能將一般的肢體表現化為自信的手勢，同時也能增加邀請者對你的好感，使他們想要對你提出演講邀約。

一開口，全世界都想聽你說25

「毛遂自薦」永遠是最好的方法。

「假的練十遍，都不如真的來一遍」——

積極創造自己的舞台，就從最不容易拒絕自己的對象開始！

第26招

站在巨人的肩膀上，精準鎖定會為你買單的客戶！

當年，我在回到我的母校石牌國中演講後，便成功以上述方法開始到其他學校或民間團體演講。但我一直希望能更快速且全面地，到知名學府或國際級的大企業演講。而這時，機會悄悄上門了。

當時臺灣某些竹科公司的福委會，因為擔憂公司的男同仁們交不到女朋友、未來結不了婚等問題，於是透過博客來的兩性暢銷類書籍找到我的資料，並主動聯繫我。然而這樣主動找上門的機會，對於我演講事業的宏圖霸業來說，也只能算是杯水車薪。

但就在此時，更好的機會來了！當時王文華先生在「News 98」電台主持《愛你22小時》的廣播節目，因為我出版新書而邀請我擔任特別來賓，上節目與他聊聊新書的內容。

大家都知道，王文華先生是位非常厲害的主持人，他將當天的直播節目主持得精彩萬分、賓主盡歡，也讓我做了非常好的呈現和展示。我雖然在當下已向他道過謝，但回到家後還是決定試著找尋他的網站，想親自寫封信給他，再度表達感謝之意。

很可惜地，王文華先生當時並沒有自己的網站，我找了半天，只看到一個以他為主、由「時報」出版社為他架設的網站。我在留言區留下感謝的文字，當然，也不忘在最後補上：「未來若有合適的議題，也歡迎隨時找我！」

就在此時，我也赫然發現——天啊！有超多公司行號、機關團體，都在這個網站的留言板上，留下自己的訊息和聯繫方式，想邀請王文華先生去演講！（當年的網站沒有設定隱藏留言的功能，所有訊息都是公開的。）

我靈機一動，做了一個決定，那就是：誰找王文華，我就找他們！

於是，我寄信至那些邀約王文華先生的公司行號，信件內容如下：

「您好，我的名字叫鄭匡宇。在一個偶然的機會下，看到您在王文華先生的網站上留下邀請他去演講的信息，不曉得您邀約得如何了呢？先預祝您們邀約順利！我本身也是一位作家，出版過《全民搭訕運動》等書，藉此推廣『絕對的自信』、『極佳的溝通技巧』，以及『面對挫折的能力』。希望透過這個機會向您毛遂自薦，未來能有機會到貴單位演講……」

看到這裡的你千萬不要笑。因為後來整整一年多，王文華先生的網站簡直成了我的衣食父母！許多在網站上想邀請他的單位，後來都轉而邀請我。而其實我早就知道，這個方式的成功率是非常高的，因為：

①該網站並非由王文華先生自己經營，因此他不會每天看（說不定久久才會看一次），而那些找他演講的訊息，也許就會因此而被錯過了。但活動承辦人們則是一定得舉辦演講的，在需才恐急之下看到我的來信，絕對會心想：「這是天降甘霖啊！」、「沒魚，蝦也好！」於是轉而邀請我，被我「狸貓換太子」！

②王文華先生當時名滿天下、人氣爆棚，想找他演講的人滿坑滿谷，他一定會為自己的時間進行控管，以價制量，而或許他的演講費也不是一般邀請單位可以負擔得起的。但對於初出茅廬的我而言，有人邀請演講就已經很謝天謝地了，錢少絕對不會是個問題！也因此那些單位與我一拍即合，他們甚至在我講完之後，因為聽眾的高滿意度而再次「回購」，也因此我的演講邀約就開始多了起來。

③邀約王文華先生的單位實在太多，難免會有撞期的時候，而當某單位想要

預約的時間，王先生都無法配合時，又看到我自己送上門的資料，想必連開心都來不及了，更不可能會拒絕！也因此促成我一場又一場的演講。

在我於2006年離開臺灣，飛往韓國弘益大學擔任中文教授前，光靠演講，我的平均月收入便已達到新台幣6萬元，而這就是我「站在巨人的肩膀上」毛遂自薦的結果。

這幾年，我主動開創機會的能力又更上一層樓了。應該說，我「變本加厲」地使出更厲害的絕招，那就是：「誰比我有名，我就搜尋誰！」

我將一封毛遂自薦的信寫好並交給我的助理，請他每天上網搜尋比鄭匡宇有名的人，例如：「邀請沈芯菱演講」、「邀請嚴長壽演講」、「邀請蔡康永演講」……不意外地，出現了一長串曾經邀約過那些名人的單位，其中包括公司行號與學校團體。而那些單位長期有邀請講者的需求，而且絕不可能每年都只請同一個人！

這時，我的助理便會將我的履歷和毛遂自薦信寄給對方，同時搭配這些年我演講過的單位（借力使力，用我演講過的大公司名字吸引新公司的注意）以及媒體報導（名氣永遠是最好的名片），藉此創造更多演講的邀約。

「從絕對有需求的客戶中，找到會為你買單的客戶」——即將成為「台上A咖」的你，也可以運用類似的方式向你想前去演講的單位毛遂自薦。而如果你搜尋的關鍵字裡有我的名字，我也將倍感光榮！

因為我不怕你這麼做，只怕你不採取行動！

一開口，全世界都想聽你說26

想方設法地讓自己站在巨人的肩膀上，毛遂自薦，主動出擊！
「從絕對有需求的客戶中，找到會為你買單的客戶」，成功率便會大大提升！

第27招

將創見以書籍的形式呈現，讓著作成為最吸引人的名片！

對於想增加自己演講舞台與機會的你，還有另一個訣竅，那就是：**出書！**而出書的好處，至少有以下幾點：

①當我們在與新朋友交換名片時，別人只能拿出薄薄的一張紙，你卻能拿出自己的著作，如此便能瞬間將著作轉化成最強大的名片，不僅可以藉此提升形象，還能增加彼此之間的聊天話題。而最重要的是，如果對方剛好是

公司負責人、社團幹部、召集人或基金會活動承辦人等等，也更可以因為你作家的身分，名正言順地邀請你去演講！

②你的著作會替你的演講準備好內容與大綱。尤其因為是自己寫的書，因此內容會記得特別清楚，如此便只需要依照受邀演講的時間長度，篩選出你的演講主題。甚至完全不必背稿，便能行雲流水地將自己的內容說出來，只要適時轉化為口語式的表達，便能成就一場內容豐富的精彩演講。

③通常在寫了第一本書後，就能成功開啟你的「出書模式」，進而出版第二本書、第三本書。「書寫可以帶來演講，演講也可以充實書寫」，以我自己為例，我除了會將書的內容當作演講的基本素材，更會在演講時刻意開發新的主題，並將演講時準備的內容，以及聽眾與我的互動，當作是靈感的催化劑，持續充實下一本新書的內容。在這兩者的相輔相成之下，不僅寫作能力將突飛猛進，演講話題也能源源不絕！

或許你會覺得如今的書市不景氣，擔心自己的著作會變成廢紙被秤斤賣，或甚至根本沒人買；你也可能會擔心沒有任何名氣的自己，沒有出版社願意為你出書……雖然這些擔心都有其道理，但如今的時代已經改變了，有太多管道可以讓你的內容被看見。從過去的部落格到現在的臉書，都是可以將你書寫的內容直接發表出來的管道。而許多新銳作家也都是透過這樣的方式，先在網路上打響名號，進而吸引出版社為他們出書。譬如前幾年的九把刀，到最近的歐陽立中，都是非常成功的例子。

曾經也有幾位網友私訊我，告訴我他們也想出書，但又擔心自己的著作一旦在部落格或臉書上公開，會被抄襲或二創修改並出版成新書……但其實臺灣人都非常有版權意識，將他人的作品變成自己新書內容的機率非常低；另外，現在的出版社也都很仔細，如果不是真的具有市場性的內容，出版社是不會輕易出版的。

許多人都認為出版業的未來只會走下坡，而我則認為，未來的書本其實就像現在的CD一樣。現在還有人買CD嗎？有，只不過很少。會買的都是鐵粉，以及被朋友拉去聽某歌手的演唱會後，在散場時購買CD留念……類似購買品牌周邊商品的概念。

也就是說，未來的作者，一定要具備「表演能力」。而作家的表演能力，就是「演講能力」！當書本在傳統實體書店與線上書店都漸漸賣不動時，作者就必須擁有高超的演講能力——讓自己在舉辦新書發表會或讀者見面會時，除了現場坐著聽的人，連經過的路人也都被演講內容吸引，而決定購買新書；或是在受邀至大公司、扶輪社、獅子會、學校等團體演講後，透過精彩的演講內容使聽眾更想一窺書中究竟，而決定購買新書；甚至在直播中介紹自己的新書，使得觀看直播的老粉絲和新朋友，忍不住按下購書連結大力支持……

換句話說，未來的作家，都要有把新書發表會和讀者見面會，做成像演唱會般的實力，才能讓自己在書市中立於不敗之地，永遠長青！

而本書便能讓你搶先一步，培養出這種能力！讓我們一邊出書，一邊訓練自己成為「既會寫，又能講」的優秀講者吧！

一開口，全世界都想聽你說27

將創見以書籍的形式呈現，讓著作成為最吸引人的名片！「書寫可以帶來演講，演講也可以充實書寫」——同時精進書寫與演講能力，使其相輔相成，成為多媒體時代的最佳利器！

第28招

別讓自尊與情緒限制自己的成長！

讀到這裡的你，未來有可能會出書、成為品牌或企業講師，並以名人或作家之姿，受邀到各大企業、機關和學校演講。

上述經歷在還沒真正發生之前，確實十分誘人——能把自己的人生過好、專業加強，甚至還有團體願意付費讓你去分享自己的故事與經歷，天底下哪有這麼棒的工作？但作為一位過來人，我想給即將踏上這趟旅程的你一些建言，希望能讓你少走些彎路，心理也少受點傷。

強大的心理素質，是每一位講者都該具備的能耐——不同於坊間頗具知名度的企業講師，來聽課的都是求知慾強烈的公司員工、付費聽講的學員，剛成為講師或作家的小名人所面對的，往往是一群「不知為何而戰」、「為誰而戰」的高中或大專青年，他們之中的有些人，長期對於台上的老師抱持著排斥感和敵意。因此，要吸引他們的注意力，讓他們專心聽講，實在是件非常困難的事情。

我在校園演講時也還是會遇到一些同學，他們會在我走進講堂時，立刻拿出手機玩遊戲，或用外套蒙著頭趴下睡覺，擺明在對我說：「我是來打電動或睡覺的，別煩我！」

如果你是老師或台上的講者，面對如此情況又該怎麼辦呢？請一定要將以下3個心態牢記在心：

①依然要努力精進自己的內容和表達方式，讓更多人被吸引——演講和授課

能力，永遠是「一山還有一山高」，有太多值得我們學習的對象。有的講師能論理有據、談笑風生，有的講師能利用強大的教具使人目不轉睛，有的講師本身就是渾然天成、令人賞心悅目的帥哥或美女，有的講師則善於互動式反轉教學……我們應該經常觀摩厲害的講師，學習他們的長處，並納為己用。說不定換個方式、舉不同例子、講個笑話等方式，便能讓學生抬起頭來，專心聽講，這才是作為一個講師該自我提升的能力。

②不要過度在意聽眾邊聽邊滑手機，因為這已經是時代不可擋的趨勢——請你捫心自問，自己在聽演講時，是否也會不時滑個手機？或是在台上講者說到一些你感興趣的議題時，是否也會拿出手機搜尋相關資訊，一邊驗證講者說的對不對，一邊歸納出自己的看法？如果這已經成為時代不可擋的趨勢，不如就擁抱這項科技，讓它為你擴充知識吧！

當然，大部分台下的學生，是在用手機滑臉書、上Instagram、看抖音，而非善用手機學習。也許你有教育和分享的熱忱，難以放任學生「自甘墮落」。但現在的社會風氣並不允許你公然罵人或體罰，因此沒必要惹得自己一身腥！不聽講的孩子，未來就得對自己過去的選擇負責，而說不定，他們雖然對你的演講沒興趣，卻對其他領域有興趣，同樣也能在別的領域發光發熱，因此，就隨他們去吧！

③讓想學習的人學習，想自我放棄的人放棄，鍛鍊自己的情緒管理及受挫能力——如果你已經努力精進自己的演講與授課能力，確定自己講授的內容與授課方式很精彩，但有些人依然無動於衷，那就算了吧！傳道授業這件事，只要有一個人聽進去並受益，就算是功德無量了。針對那些不想學習、浪費自己時間和金錢的人，就「放生」他們吧！遇到完全「不鳥」你的聽眾，你可以藉此訓練自己的受挫力，及被人忽視後，依然保持情緒穩定的能力。

人活在這個世界上，不可能一帆風順。過去的老師或講師能夠享有學生的尊重和威嚴，是社會的風氣使然，但在退休或離開杏壇後自行創業，就可能在需要發傳單宣傳自己的補習班或咖啡廳時，遭受許多人的忽視及白眼。透過上述的自我訓練，你便不容易感到沮喪，能繼續鬥志昂然地勇往直前！

尤其當新講師在遭遇類似的「聽眾折磨」後，反而更能加速自己的成長，運用當下聽眾的冷漠反應來強化自己講授的能力，或將其作為未來鼓勵他人不要輕易放棄的教材。「沒有經歷是悲慘，沒有努力會白費」，它們終將成為推動你成為「台上A咖」的最佳助力！

一開口，全世界都想聽你說28

強大的心理素質，是每一位講者都該具備的能耐！珍惜那些挫敗和打擊，別讓自尊與情緒限制自己的成長。

第29招

談錢傷感情，但作為「台上A咖」，你必須有錢也有影響力！

在成為「台上A咖」、時常受邀演講後，另一個問題也來了：講師費與車馬費，該怎麼談呢？

除了像張忠謀、郭台銘、嚴長壽……等少數人不需要在乎車馬費，或一律將車馬費捐出去之外，大部分的講者，都還是希望能收取一定報酬。但作為一位以演講、授課為生的人，如何為自己爭取合理或豐厚的報酬，就是一門學問了。

雖然剛開始踏上講者之路的你，為了增加曝光度及「練功」，就算沒有經費或只有少少的報酬，也都會樂於前往。但隨著你慢慢成名，甚至以此為生時，講師費與車馬費的多寡，就顯得十分重要了。

然而在臺灣，有許多的學校及公家機關被規定只能給予被邀請來的講師1小時1,600元（最近調高為2,000元）的講師費。有些主辦方會告訴你交通費可以實報實銷，有些則沒有交通費，或是只能以臺鐵或國光號的票價補助。也就是說，若是在臺北受邀前往高雄演講，不僅一毛錢都沒賺到，甚至還要自己花時間通勤。而像「TED」這樣的組織更是直接表明沒有講師費和交通費，因此，為了這場演講，你還得「倒貼」。

面對以上情形，如果你是一位演講新手，即使公家機關只能給你1,600元，請你還是去吧！因為在這個階段中，你需要的是經驗與曝光，就不需要太計較講師費與車馬費的多寡。

而針對無法提供任何費用的邀請，你則要評估這場演講能帶給你的其他效益。例如在臺灣有許多「TEDx」的組織，因為「TED」品牌的知名度夠高，為你搭建的舞台也具有一定的水準，甚至還會幫你拍攝優質的影片放在YouTube頻道上，等於是一種永久的宣傳，因此可以考慮偶爾為之。以我自己為例，我受邀去「TEDxDongwu」的演講主題《自私的力量》，截至目前為止便在YouTube平台上累積了11萬多的點擊次數，間接為我帶來許多演講邀約的機會，未嘗不是一種效益良好的投資。

但請避免那種一看就知道「只想拗你免費演講」的單位。這種單位通常喜歡高舉「公益」的大旗，但真正帶來的效益卻很低。而通常從承辦人和你接洽時的積極度、規劃的完整度就可以感受出其中的不對勁，最好敬而遠之。

不過，也許對方能用一張嘴把你唬得一愣一愣的，以為「這次沒錢下次有錢」，或「沒有錢財但有舞台」……但等你真的去講，才發現對方「這次拗完你，下次換拗別人」或是「根本沒有大舞台，只有台下兩三隻小貓」。但沒關係，雖然被騙了一次，但只要記取教訓，下次不要再被騙就好。

而我自己在面對只能提供微薄講師費的單位時，有個「一以貫之」的觀念。那就是——如果錢少，也請用影響力來換！

也就是說，針對類似像學校這樣只能提供1,600元的單位，我都會要求邀請我的老師或學生，將該場演講做成是全年級或全校性的千人的大規模。因為對我來說，能發揮影響力，讓聽眾之中有人因為聽了我的演講而採取行動，為生命造成改變，這是比金錢更大的回饋。

而當你如此要求承辦人時，有些人可能會面有難色地回覆，說他們「可能做不到」、「這次就無法找你了」……那也正好，你們雙方就不需要浪費彼此的時間。其實，藉由這樣的方式也能夠激發承辦人的潛能！當你給承辦人「壓力」時，他們自然會做好萬全的準備，強化自己的動員力、發展自己的行銷力等等，甚至能為他在服務的單位立下史無前例的功勞，而你也能因此把影響力帶給更多年輕人，可謂一舉數得。

我認為不需要太過在乎講師費或車馬費，應該要以**「能夠站上更大的舞台，發揮更大的影響力」為首要考量**。因為根據我自己的經驗，業界的真相往往是：「先能做小，才能為大」。

我曾經臨時受邀主持一場科技相關的活動，承辦人當時一直跟我說抱歉，因為原本在提出此活動企劃時，沒有主持人的需求，但在活動前一個禮拜客戶卻臨時說要，因此他們只能在有限的預算下，擠出幾千元，向我尋求協助。

我確認過自己的行事曆後，發現那兩天剛好沒事，便決定答應這場邀約。由於該單位在業界非常有名，幾乎所有科技相關的大型活動，都是由他們執行。雖然過去我們未曾合作過，但也許能透過此次機會，開啟未來更多契機，何樂而不為？

主辦方非常嚴謹，擔心流程會出錯，因此在活動前一天要彩排，甚至在活動當天我也被要求必須提前2小時抵達現場。如果單純以時間成本計算，感覺真是虧大了！但是，因為那天的主持讓客戶和承辦單位都很滿意，因此我在不久後又接到他們的電話，邀請我主持另一場大型活動，而費用也回到我平時的水準。該活動冠蓋雲集，來參與的單位都可能在主持與演講授課方面，為我延伸出更多的邀約及合作，我不僅能一邊主持，還能一邊建立關係，強大我作為主持人的品牌，達到多贏局面。這不就是「先能做小，才能為大」的最佳例證嗎？

因此，建議你要張大眼睛，看清事情的來龍去脈及後續影響，為自己做出最適合的決定。即使判斷錯誤，也要用盡方法將其扭轉成正向的產出——這不僅適用於演講，若也能以此態度度過人生就太好了。

一開口，全世界都想聽你說29

談錢傷感情，不談錢卻又破壞心情與荷包。作為「台上A咖」，你必須有錢也有影響力！

第30招

訓練出自己的分身，共同強化品牌強度，才是長久之道！

上篇文章主要是針對台上新手，在面對講師費與車馬費議價時，該如何自處。但針對已經有點名氣的講者，甚至是知名講者，議價這件事情，則又是完全不同層級的學問和思維了。

不管是新進講者或是知名講者，都有為自己訂價的權利。但要如何訂出自己滿意、對方也接受的價格呢？

以我自己為例，即使在剛出道的時候，我也不覺得自己演講的內容，會比康永哥或王文華大哥差，尤其某些我能講的主題，也真的不是他們的專長。但他們畢竟名滿天下，想邀請他們演講的人都不知道要繞操場幾圈了，我作為一位新人，不僅沒有議價權，更不該不切實際地開出跟他們一樣高的天價，使得自己永遠無法「成交」。

因此，作為新進講者的你，一定要避免過於自我感覺良好，認為自己「值某個價」，這樣可能會使你永遠乏人問津，或讓有興趣邀請你的對象，在一聽到價錢時不是嚇跑，就是在心裡覺得「呸！你憑什麼？」

我建議在你漸漸有名之後，將針對公部門性質的團體，訂在每場5,000～8,000元之間，而針對大型活動或私人企業演講，則訂在每場12,000～20,000元之間。（這是一般人的價碼，如果你覺得自己很有名氣與人氣，也可以訂5萬或10萬，都是有可能被接受的。）

價碼這個東西，是只要對方覺得你值得，你就值得，而當對方覺得你不值得，即使內容再好，他們也不會願意付費。我常以主持這件事情比喻，雖然我也不錯，還能講中英日韓4國語言，但有些單位就是寧可花5萬元找佼哥（黃子佼），也不願意花5,000元找鄭匡宇。原因有很多，包括對方已經有知名度、有經驗、過去配合過、能為活動的媒體曝光加分……因此不選像我這樣的新人，也是很正常的事。

在這個階段，做好每一場演講或主持，不斷提升自己台上的實力，並且懂得運用出書、影片、自媒體來行銷宣傳，拉抬自己的聲勢與高度，就顯得格外重要了。認清自己現在所處的位子，穩紮穩打地向目標前進，將出席費和演講費抬高，是每位想要成為「台上A咖」的你，都該好好學習的功課。

而在這個過程中，還有一項重要的事，那就是——當你開始行情看漲的時候，聘請一位助理或工讀生，幫你回覆信件、行銷宣傳……這不僅是較好的選擇，甚至還是必要的手段。

現今的社會形態已經不一樣了。任何人，都可以因為不爽你，或心裡不舒服，而在網上告狀，請廣大的鄉民「評評理」。知名Youtuber「這群人」便曾因被嫌價碼過高而遭抹黑，另一位Youtuber「阿滴」也曾因解僱工讀生而引發軒然大波、網友論戰。因此在有人來信邀請你演講，並提出3,200元的價碼後，難保對方不會因為你回覆：「很抱歉，我的演講費是12,000元」而將對話放上網路，酸你「以為自己是什麼咖啊！憑什麼？」

然而，討價還價這件事，如果是由助理或工讀生來做，對方就比較沒有酸你的衝動與必要了。即使對方還是把全程截圖放上網，其他網友也不會覺得有什麼好討論的。但如果全都由你自己回應，肯定會使正反兩派的人各持己見。（當然，要是你是個能運用網路話題藉機炒作，把自己推向名氣高峰的人也就算了，但大部分的人都沒有這種能力，只能在網路上挨打求饒。）因此我建議你聘請助理或工讀生，來為你做這件「明明沒有錯，但有心人士會藉機捅你」的小事。

也許你會說：「鄭老師，您說得很有道理，但我的收入還不穩，請不起助理或工讀生啊！該怎麼辦？」那就自己「生」一個啊！

我在初出茅廬的時候，就曾經聘請一位助理「小陳」。小陳年輕又充滿幹勁，每天都會精神抖擻、聲音高亢地幫我打40通電話給不同的上市公司和機關團體，直接找到福委會或負責教育訓練的同仁，推薦我前去授課或演講。

一天40通電話，真是「得此助理，此生無憾」啊！但不瞞各位，小陳……就是我啊！我每天很忙地一人分飾兩角，先用高亢的聲音打電話給對方，並在他們回電時，以我沉穩又充滿磁性的嗓音接電話：「您好，我是鄭匡宇……」

看到這裡千萬不要笑！因為在你剛開始闖蕩江湖時，絕對沒有人比你更了解你自己，沒有人比你更相信你自己，更沒有人比你更願意發瘋似地把你自己推薦出去！你要讓自己成為那個始作俑者，奮力地把自己推銷出去，直到邀約真的太多，以致你應接不暇時，再真的聘請一位助理協助你進行業務開發。而屆時，你也已經有足夠的資格與經驗，教會下屬如何打業務電話，及開發業務。

學會這項絕招，相信你便能很快地在一年內為自己贏得漲價權，也讓你的演講價碼像你的台上功夫一樣，水漲船高！

一開口，全世界都想聽你說30

想要擴大規模或提升高度，
一定得訓練出幾個自己的分身，
共同強化品牌強度，才是長久之道。

結語

想紅，一點錯也沒有！

看完這本書的你，已經站在「成為台上A咖」之路上了。而無論你是想成為專業講師、學校老師、企業領導人或高階主管，在這個不斷登峰造極的過程中，或許總會有一個心魔拉住你，問你：「這樣算不算是想紅呢？」

其實你完全不需要自我懷疑，因為：**你真的就是想紅！**

你或許會質疑，我怎麼可以用「想紅」這樣帶有貶義的字，鼓勵你把自己捧紅呢？

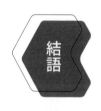

其實，會對於「想紅」這2個字帶有負面觀感，是因為你賦予了它負面的意涵，但如果你像我一樣，將「想紅」定義為——自己付出了時間與精力，投注在某個領域或某件事情上，自然希望成果能被更多人看見、被更多人認可……這樣的「想紅」，難道有錯嗎？難道不該被大肆鼓勵嗎？而且「想紅」，其實是人的天性，是潛在於每個人心中的因子。

但，如果只把「想紅」當作目的，缺乏正確的心態和價值觀，純粹「為了紅而紅」、「只要有關注度和點擊率就好」，便非常容易惹禍上身、引火自焚。

大家是否還記得，很多年前有兩位強恕高中的學生因為好玩，居然趁晚上遊民在路邊睡覺時，對他們潑糞嗎？他們甚至還用手機錄影，將這樣的惡作劇放上YouTube平台。雖然這麼做使得該影片的點擊率竄升，也使全臺灣人都認識他們，但下場卻是成為全民公敵、被退學、當著全國媒體的面下跪道歉……這就是「為了紅而紅」，而非「正向地紅」的結果。

在明白「想紅」是件很正常、每個人都想達到的事，以及確定自己想「正向地紅」之後，就可以將你的發表拍成影片，藉此推動自己的想法及價值觀，被更多人看到、讓更多人被說服，也讓更多人想支持。如此不僅沒錯，更可以說是「天賦人權」啊！

只不過，在開始到處演講、授課、發表和簡報，甚至是以YouTuber的方式讓更多人知道自己想推廣的理念和知識後，就非常可能遇到2個問題——「不紅」與「紅了但無以為繼」。

你或許會認為要紅並不難，因為檯面上似乎有許多沒做多久就紅的例子，但其實他們在沒被主流媒體或大部分人注意到之前，也都蟄伏了3～4年，才能成功抓住一炮而紅的機會。因此一炮而紅，其實也是堅持到底的結果。以林志玲女士為例，在她從事模特兒工作到日後被封為臺灣第一名模，這之間其實也經歷了整整10年，才真正成功紅起來。無論是演員、模特兒或YouTuber，能紅起來的真的只是少數而已。而我幾乎可以保證，你會是那大多數不紅的一份子，因為，這才是常態！

而當你好不容易嶄露頭角、開始紅了，又會有另一個問題，那就是：無法持續推出作品，無以為繼。只能眼睜睜看著聲勢下滑，無力回天，還真是「不紅憂鬱，紅了也憂鬱」啊！

要破解這種困局，最好的方式，就是抱持著正確的心態——只做自己喜歡及真心想做的影片，或是只發表自己真心相信、身體力行的言論。

當你的心態夠穩固時，就不會因為自己紅了、被關注的人數多了、邀約業配多了，而開始粗製濫造、發表一些違心之論，或將根本沒用過的產品說得天花亂墜。也因為你不做違心之論，說起話來也就更能理直氣壯，更能凝聚原本粉絲的向心力，持續吸引更多人的關注與支持，這才是長久經營應該秉持的初心。

另外一種破解困局的聰明作法就是——不斷尋求同業合作、異業結盟，強化自身品牌，為自己想推廣的想法與理念找到更多的佐證與支持者，自然便能帶出更多優質的作品。

譬如我自己做的YouTube直播節目《好奇人物》，以及現在正在進行的廣播節目《小資本大創業》所邀請的來賓，都一定是具有影響力，並且在其領域深耕有成的人物。他們每位都是素人起家，靠著小資本或普通的學歷，經營出自己的一片天，這跟我在推廣的毛遂自薦、自我激勵等形象，完全切合。

我們一起錄製節目，並充分達到互相加乘、彼此拉抬的效果。而他們的故事，也成為我演講與寫作的素材，使我能夠演講更多激勵的故事，不斷延續我作為激勵達人的品牌形象。這便是我常提到的雙贏、多贏，並且不斷帶出新作品的聰明作法。

因此，無論你是演講台上的A咖，或是YouTube中的A咖，正確的心態與聰明的作法，才是長久經營的王道。能夠一炮而紅當然很棒，但就算需要長期耕耘，也絕不要苦撐待變，而要盡力地在過程中墊高自己的實力、擴大自己的舞台。

相信你遲早都會迎來爆紅的那天，而在爆紅之後迎接你的，將是一路長紅！

祝福你！

一開口，全世界都想聽你說

台上的聚焦說話術，30個簡報╳演講╳面試╳授課必勝全攻略！

作者　鄭匡宇

發行人　黃鎮隆
副總經理　陳君平
總編輯　周于殷
企劃編輯　蔡旻潔
美術總監　沙雲佩
設計　陳碧雲
公關宣傳　邱小祐、洪國瑋
國際版權　黃令歡、梁名儀

出版　城邦文化事業股份有限公司　尖端出版
臺北市民生東路二段141號10樓
電話：(02)2500-7600　傳真：(02)2500-1971
讀者服務信箱：spp_books@mail2.spp.com.tw
發行　英屬蓋曼群島商家庭傳媒股份有限公司
城邦分公司　尖端出版行銷業務部
臺北市民生東路二段141號10樓
電話：(02)2500-7600(代表號)　傳真：(02)2500-1979
劃撥專線：(03)312-4212
劃撥戶名：英屬蓋曼群島商家庭傳媒(股)公司城邦分公司
劃撥帳號：50003021
※劃撥金額未滿500元，請加付掛號郵資50元
法律顧問　王子文律師　元禾法律事務所　臺北市羅斯福路三段37號15樓

臺灣地區總經銷　中彰投以北(含宜花東)　楨彥有限公司
電話：(02)8919-3369　傳真：(02)8914-5524
地址：新北市新店區寶興路45巷6弄7號5樓
物流中心：新北市新店區寶興路45巷6弄12號1樓
雲嘉以南　威信圖書有限公司
(嘉義公司)電話：0800-028-028　傳真：(05)233-3863
(高雄公司)電話：0800-028-028　傳真：(07)373-0087

馬新地區經銷　城邦(馬新)出版集團　Cite(M) Sdn.Bhd.(458372U)
電話：(603)9057-8822　傳真：(603)9057-6622

香港地區總經銷　城邦(香港)出版集團　Cite(H.K.)Publishing Group Limited
電話：2508-6231　傳真：2578-9337
E-mail：hkcite@biznetvigator.com

版次　2020年12月1版1刷　Printed in Taiwan
ISBN　978-957-10-9204-1

國家圖書館出版品預行編目（CIP）資料

一開口，全世界都想聽你說：台上的聚焦說話術，30個簡報×演講×面試×授課必勝全攻略！/ 鄭匡宇著. -- 1版. -- 臺北市：尖端, 2020.12
面；　公分
ISBN 978-957-10-9204-1(平裝)
1. 演說　2. 說話術
811.9　　109014531